ストロボライト

×1（バツイチ）捜査官・青山愛梨

梶永正史

ハルキ文庫

角川春樹事務所

本書はハルキ文庫の書き下ろし小説です。

ストロボライト

×1（バツイチ）捜査官・青山愛梨

プロローグ

熱帯夜が続いて久しかった。ここ最近は雨も降っていないせいか、アスファルトは真昼の熱をいまだに放熱しきれておらず、深夜になってもぼんやりと温かかった。

東京都中央区佃（つくだ）。もともと隅田川（すみだがわ）河口にあった石川島（いしかわじま）と佃島のふたつの島の間を、関東大震災で発生した瓦礫（がれき）を使って埋め立て、ひとつの島にしたという。

岩の島だった石川島には造船所が作られたが、移転後に再開発され、リバーシティ21というウォーターフロントを象徴するタワーマンション群がそびえている。

対して中洲（なかす）だった佃島には、徳川家康（とくがわいえやす）に呼び寄せられた大坂の漁民が暮らしていたとされ、いまなお下町の風情（ふぜい）を残している。

その対照的な趣が、ひとつの島にうまく共存していた。

深夜二時を回っても、気温は三十度を下回らなかった。やはり地面からの放熱もあるのだろう、川からの風もどこか生温（なまぬる）かった。

下町エリアの、民家に挟まれた狭い路地に男が横たわっていた。うつ伏せではあったが、バンザイをするような姿勢だったので、泥酔したサラリーマンが、ベッドと間違えて倒れ込んだようにも見えた。

しかし、そうでないことは路上に敷かれたタイルの目地に沿って鮮血がじわりじわりと流れていることでわかる。

しばらくの間、『俺』はその様子を見下ろしていた。

男にはまだ息があった。

うつ伏せの状態からわずかに頭を回したが、地面と接していた顔半分は自らの血で濡れていた。そして左目の端で俺の顔を捉えた。いや、見えていないのかもしれない。いずれにしろ認識するほどの力は残されていないのだろう。

なにを訴えるでもなく、目は虚ろになり、持ち上げていた頭は揺れはじめ、やがてスイッチが切れたように落ちた。

ひとの命が絶える瞬間を見たことはなかったが、目が輝きを失ったことでそれを悟った。

あたりを見渡してみる。昭和を思わせる民家。触れ合う程に伸びた軒先の隙間からは空も見えない。

まるで無人の町であるかのように、どこからも生活の音は聞こえてこなかった。

ゆっくりとその場を離れ、路地を出ると、最後に振り返る。横たわる男が影となって浮かんでいるが、不思議と違和感はなかった。まるで以前からそこにあったように。まるで死んでいるのが当たり前のように。

そして、殺されることが当然のように。

通りを折れるたびに徐々に広い道になっていくが、なるべく明るい場所を避けるように歩いた。しかし、ここは『島』だ。出るには橋を渡らねばならない。ならば、大きな橋を堂々と渡ったほうがかえって目立たないかもしれないと考えた。

夜が明ける気配はまだなく、街にはなんの動きもない。夜中になっても途切れることのない蟬の声がなければ、時間が止まってしまったのかと思えるほどだった。

右手に大きな橋が見えた。佃大橋とあった。それを渡り、まっすぐ歩けば、やがては銀座へと抜けられるはずだ。

階段を上り、佃大橋の歩道に出た。

隅田川に架かる合計六車線ほどの幅を持つこの橋は、東京にありがちな迫り来るようなビル群からも離れ、とても開放的だった。川を渡る風も涼しく、肌に張り付いていた汗を拭い取っていく。

視線を右に振ると、タワーマンション、ハープのような中央大橋。そして遠くにはいまは消灯している東京スカイツリーのシルエットがぼんやりとした闇に浮かんでいるのが見えた。上空には、まるで消し忘れたライトのように下弦の月が浮かんでいる。

一歩、二歩と足を踏み出した。

その時だった。ふと視線を感じた。道の反対側に目をやって、心臓が止まるかと思った。フードをかぶった人物がこちらを見ていたからだ。いや、表情そのものはフードの陰になって見えないが、鋭い眼光を投げつけられているように思えて仕方がなかった。

現場からは離れているから、あいつが目撃者である確証はない。しかし、その視線は罪人を責め立てるようにも感じられた。

右から接近する大型トレーラーのヘッドライトから逃れるようにいったん顔を背けた。そして通り過ぎるのを待って視線を戻すと、その人物の姿がなかった。

橋の上は見通しがいいため、銀座方面に向かったのであればわかるはずだが、姿は見えない。

俺は階段を駆け下り、左右を見る。直感で右に走る。路地が交差する度に見渡し、そしてまた走る。息が上がる。足がもつれる。

いた！

街灯に照らされた裏道を歩いている。

俺はそっと呼吸を整えると、足を速め、距離を詰めた。しかしこのあとどうすればいいのかまでは考えが至っていない。

突然、振り返って「なにか用ですか」と聞かれたらどうするのか。「路地で男が刺されるのを見ましたか？」とでも言うつもりなのか。

「あの男は死んで当然だったのですよ」

そう言ってやりたいが、説明する暇（いとま）も与えずに叫び声でもあげられたら、誰（だれ）かが警察を呼んでしまうかもしれない。そうなれば厄介だ。

目撃者の存在は今後の自分の立場を窮地に陥れるかもしれない。だからどこの誰なのか、居場所だけでもつかんでおきたかった。

しかし、どうしてフードなどを被っているのだろう……いや、いままで気づかなかったが、あれはレインコートだ。雨も降っておらず、そもそもこんなに蒸し暑いのに。

そこで、ハッとした。

まさか、あのひとか……。

息を飲み込んだ音が聞こえたのかもしれない。『そのひと』は直交する路地でふっと脚を止めると、こちらに振り返った。そしてゆっくりとフードを取る。

やはり、あのひとだった。

悲しそうな、恨めしそうな、複雑に感情が入り混ざった表情。いや、宥免を与えているようにも見えた。

そして、ふらりと路地に消えた。

ま、待ってくれ！

足を繰り出し、その路地に飛び込む。

しかし、姿はもう見えなくなっていた。

1

青山愛梨はタクシーの後部座席でバッグを大きく開くと、手を差し入れ、メイク道具を引っ張りだした。外出用なので最低限のセットしか入っていない。

外はまだ暗く、流れる街灯の光ではファンデーションの乗り具合まではわからない。それにただでさえ揺れる車内での作業だ。難易度は高い。

「運転手さん、すいません。ちょっとだけ灯りをつけてもいいでしょうか」

「ああ、どうぞー」

呑気な声が返ってきた。バックミラー越しにメイク中の姿を見られるのは、ちょっと勘弁して欲しい。だが、室内灯の有効範囲に留まることは、すなわちバックミラーに収まることでもあった。

ふと窓に目をやると、見慣れない髪型をしている自分が映っていて一瞬たじろぐ。

そうだった。気分転換に伸び放題だった髪を肩くらいの長さでカットしたのだが、どうにも『やっちまった』気がする。やはり前髪をつくったのはやりすぎだった。同僚たちはなにも言わないが、それは優しさなのだろうか。

携帯電話で叩き起こされたのは午前四時だった。電話の相手は警視庁本部で泊まり番をしていた刑事で、名前を聞いても顔が浮かばない程度の男だった。声の感じから、まだ新人だろうかと愛梨は自分も新人の分際であるのに思った。

『青山巡査、夜中にすいません。中央区佃一丁目の路上で男性の遺体が発見されました。刺し傷があったことから殺人事件として月島署に捜査本部がたちます。それで有賀班にも招集をかけろとの命令がありまして』

電話の主は申し訳なさそうに言った。

こういう生活になるだろうことは、刑事になったときから覚悟していたが、やはり辛い。撥ね除ける布団が軽い分、季節が夏なのが幸いだ。

それにしても晩酌の量を控えればよかった。そう思いながらベッドから抜け出し、ビールの空き缶を踏む。脳は覚醒しているが身体はまだ寝ているようで動きが鈍い。

自分のように独り者ならともかく、班長の有賀や、同僚の河崎など家族持ちは大変だろう。本人が、というか家族のほうが。

「お客さん、ひょっとしてテレビ局のひとじゃないですか？」

とりあえず、人前に出ても恥ずかしくない程度にメイクをすることができ、室内灯を消した時だった。もう話しかけても大丈夫だろうと、白髪の運転手がバックミラー越しに微笑みをよこす。この道三十年、乗せたお客のことはなんでもわかる、とでもいうような、職人気質の雰囲気を持っていた。

「あ、ごめんなさい。いまなんと？」

「ああ、テレビ局のかたかなって。いえね、こんな時間に乗る女のひとっていうと客商売のひとが多いんですけどね、お客さんはそんなふうには見えないし」

見えない、とはどういうことか。グレーのジャケットとパンツ。シャツはベランダに干していたものを引っ張ってきたのでシワだらけだが、その色気のなさを言っているのだろうか。

確かに華やかな顔立ちというわけではないが、整っている方だとは思う。まぁ、つるんぺろんとした純和風ではあるが、色気の有無とは別問題のはずだ。

「急に呼び出されたって感じだから、医者かマスコミ関係。医者っていうよりは、マスコミかなぁって」

地味に失礼だなと思いながらも、運転手の勝手な推理を聞きながら適当に相槌を返した。

タクシーは佃大橋を渡り、地下鉄月島駅がある交差点を左、しばらく行ってもう一度ハンドルを左にきった。

「あれ、なんかあったのかな」

前方に赤色灯の群れが見えてきた。

「お客さんが行きたいのは佃一丁目ですよね。事故かな、事件かな。この先には入れてくれないみたいですよ」

赤色誘導灯を振る制服警官に停車させられた運転手が車内アナウンスのように呟きなが

ら窓を開けた。

「すいません、どちらまで行かれますか」

警察官が車内を覗き込み、後部座席に座る愛梨を見た。

愛梨はバッグから『捜一』と書かれた腕章を取り出し、それから警察手帳を広げて差し出した。ちょうど運転手の眼前にあたる。

「捜査一課、青山です。運転手さん、ここで大丈夫です」

愛梨は唖然とする運転手から領収書を受け取ると、現場に向かった。

「おう、きたか」

班長の有賀警部が立入禁止のテープの中で手招きしていた。

目線は、身長一六五センチの愛梨とほぼ同じなので男性としては低い方かもしれないが、機動隊出身ということもあって、突き飛ばしても倒れなそうな頑丈な印象がある。最近、こめかみあたりに白髪が見られるようになったのを気にしているのか、一週間に一回の割合で『リセット』しているのは知っている。

「コロシですか?」

有賀は頷く。

「ああ。ナイフのようなものだろう。胸と背中にひとつずつ刺し傷があった」

通常、事件現場は、周囲からの目を遮るためにブルーシートで囲まれるものだが、今回は、肩を触れずにすれ違うのが難しいくらいの狭い路地ということもあってそれは必要なかった。捜査員たちはまるで人気の定食屋に並ぶサラリーマンのように、縦列に並んでいた。

それでも、有賀はずんずんと割り込んでいく。だれも文句を言わないのは、有賀が警視庁内で一目置かれているからなのだろう。

その班に加われたことを、愛梨は幸運だと思っていた。

捜査で得られる経験、そしてひょっとしたら昇進も、人脈がものをいう世界だからだ。

列の先頭までたどり着くと、投光機で照らされた被害者が目に入った。うつ伏せで倒れている男性の遺体。その足元側にいた。まだ鑑識員が周囲を這い回っており、なにかしらの痕跡を捜していた。

いまの段階では彼らの仕事の邪魔にならないよう、やや離れて見ることしかできないが、それでも、遺体には一目でわかる特異的なことがあった。右手の親指が切断されているのだ。

そのことに言及すると、有賀は頷いた。

「まだ詳細はわからないが、刺した凶器とは違うもので切られたようだ。鋭利なもので切ったというよりは、潰したような断面だそうだ」

その表現に、愛梨は口をゆがませた。

なぜ親指を？

「身元は判明しているのですか？」

「アイノヒデユキさん、四十五歳。すぐそこのタワーマンションに住んでいる。職業はフリーの経営コンサルタントだそうだ」

有賀はすでに白みはじめている空を見上げた。ウォーターフロントを象徴する巨大なタワーマンションがまるで成功者を象徴するかのように浮かび上がっていた。

現場はその麓。昔ながらの民家が身を寄せ合う、幅一メートルほどの路地の中。どうしてこんなところに？　被害者の生活圏だったのだろうか。

血に染まったグレーのスウェットを着た被害者はうつ伏せで、両手は身体の前方方向、つまりバンザイをしているような格好だ。倒れる時に手をつこうとしたのか、倒れたあともなにかから逃れようと地面を摑んで前に進もうとしたのか。そんな印象を受けた。

「名前が分かっているということは、身元を示すものを所持していたんですか？」

「ああ、財布を持っていた。革製の二つ折りでな、紙幣硬貨含め、現金には手がつけられていないようだ」

愛梨が意外そうな顔をしたのを、有賀は見逃さなかった。

「なんだ。気になることがあるなら言ってみろ」

「こんな夜中に被害者はなにをするために外に出たのかなって」

「散歩が理由じゃ不満か？」

有賀が愛梨を試すような目を向けてきた。

愛梨は身をかがめ、目の前の被害者を観察した。ちょうど足の裏から見ているような角度だ。

「体型はわかりませんが、よく絞られているような気がします」

「それがどうした」

「ランニングが趣味なんだと思います」

「スウェットにランニングシューズを履いているからって、そこまで言えるのか?」

愛梨は鑑識員に断って一歩踏み出すと、靴底を指さした。

「フォアフットです」

「なんだ、それ」

「ランニングシューズの底を見てください。先端だけが摩耗しているのが見えますか」

「ああ、たしかにそうだな」

指の付け根から爪先(つまさき)にかけてがほぼすり減っているのに対し、踵(かかと)付近はまだくっきりと溝が残っている。

「靴底を横から見ても、あきらかに先端のすり減り方が早いです。これはランニングをするときの走り方のひとつで、踵から着地するヒールストライクと違い、意識的に行うものです」

「つまり、ある程度の経験者ってことか?」

「はい。それに散歩であるならランニング専用のシューズを履かなくてもいいと思うのです」

「じゃあ……夜中ではあるが、ランニングに出かけたんだろう」

「だとすると、今度は財布が邪魔です」

愛梨は再び立ち上がり、鑑識の邪魔にならないようにその場から距離をとった。

「スウェットのポケットに財布を入れていたなら、走る時にずりさがります」

有賀は降参だ、と両手を上に向けた。

「要するに、なんだ」

「夜中にランニングに出かけることは家族や周囲の人にとっては自然だったけれど、実は目的は走るためじゃなかったのではないでしょうか」

「家族を欺いていたということか？」

「寝起きの頭で考えた推理です。根拠はありません」

「なるほど。興味深いな」

そこに野太い声が割り込んできた。

「班長、浮気かもしれません。交友関係を調べたほうがよいのではないでしょうか」

同じ班の河崎だ。身長は二メートルちかい巨漢で、去年〝職場結婚〟をしたばかりの巡査部長だ。同僚となって一年が過ぎるが、いまだに飲みに行ったこともないし、雑談をしたことすら記憶に薄い。

気のせいかもしれないが、どこか愛梨のことをライバル視――いやそれはポジティブな言い方なのかもしれない。そう、人間として軽蔑されているような気すらするのだ。女が嫌いならなぜに結婚した？　職場の女は目障りで、妻は家政婦だと思っているのか？

自分がバツイチだからというわけではないが、愛梨は男に対して少なからず猜疑心を持っている。

女をないがしろにする男なんて滅びてしまえ。

夜が明け、普段と変わらぬ朝を迎えられたひとたちにとってはごく普通の日常が始まった。天気予報によれば、十日間連続の猛暑日になるようだ。

しかし、そんな日常が決して当たり前のことではないということは、刑事になってから痛烈に思う。

殺されて当然のひとなど、決していない。この被害者も、今日の朝日を見られないなんて疑いを持たなかったはずだ。

捜査本部が設置された警視庁月島警察署には続々と刑事たちが集まって来ていた。周辺の所轄署からの応援を含め、総勢で五十名ほどだろうか。普段は講堂として使用されている場所に無粋なテーブルとパイプ椅子が整然と並べられているが、朝の段階ですでにエアコンの能力は限界を迎えてしまったのか、あちらこちらで扇子がひらひらと扇がれていた。

愛梨が捜査一課に配属されて一年が過ぎていた。はじめは右も左もわからず足を引っ張ることもあったが、いくつかの現場を踏み、いまではいっぱしの刑事の自覚はある。

それでも捜査本部が置かれる所轄署に赴けば、奇異の目で見られることはいまだにある。

お前のような女に務まるのか、と。

それは、女性進出を快く思わない時代錯誤な古参の刑事だけとは限らない。若くして捜査一課に抜擢(ばってき)された愛梨に対してやっかみを持つ者もいる。

いずれにしろ、そんなくだらない感情に付き合うのは無意味だと思っている。自分がやるべきことはただひとつ。いま、目の前にある事件を一秒でも早く解決すること。それは、被害者遺族に対し、『殺人』が起こってしまってからしか動けない自分に課せられた、唯一できることなのだ。

愛梨は席に着くと、軽く目を閉じ、神経を研ぎ澄ませた。被害者を思い、かならず我々で犯人を逮捕すると誓う。

さあ、やってやる。どこの誰だか知らないが、犯人よ、覚悟しろ。

精神が最高潮に研ぎ澄まされた時だった。ぽんと肩を叩かれた。振り返ると、殺人捜査にはあるまじき満面の笑みを浮かべた男がいる。例えるなら大阪のくいだおれ人形が刑事になったような。

嘘(うそ)でしょ――。

「お義父(とう)さ……よ、吉澤(よしざわ)警部、どうしてここに」

吉澤はベテラン刑事であると同時に……。

「あいちゃん、面倒くさいから、もうお義父さんでもいいんだよぉ」

いや、面倒くさいから『お義父さん』と呼ばないのだ。

そう、吉澤は義理の父親だ。ただし『元』だが。

かつて愛梨は、吉澤の道楽一人息子と結婚していた。大学を卒業してすぐのことだったが、それが若気の至りであったことは、すぐに離婚する羽目になったことで証明された。

あれからもう四年が経つが、実質一年に満たないわずかな夫婦生活の時期に義理の父親だったのが、いま目の前にいる吉澤である。

以前、目黒署管内で発生した殺人捜査に際して、図らずもコンビを組まされた。あの時はずいぶんとやりづらかった……。

「警部、どうしてここに。目黒署からも応援が？」

あえて階級で呼ぶことで距離感を演出した。

「ううん、それがね」

それなのに、とっておきの秘密を教えるとでも言うように、口元を片手で覆い、耳元で囁いた。

「本部に復帰したの。これであいちゃんのそばにいられるよ」

「は？　なんでっ⁈」

身体をそらし、思わずタメ口が出た。

「本部の刑事教養第三係だよ。あいちゃんのような新人刑事にベテラン刑事の捜査技術を伝承しちゃうよ、っていう部署に抜擢されたわけ」

「き、聞いてないですっ！」

「うん、だって言ってないもの。びっくりさせたくてね。サプラーイズ！」

抜擢？　いや、これは偶然ではない。

再会してからというもの、吉澤の干渉はエスカレートし、止まるところを知らないように思える。本当の娘だとしても、ここまでくると『お父さん、うざいんだけど』という気になるだろう。

つまり、今回の異動は自分から強い希望を出したに違いない。もしそうなら、これは過保護を通り越して、新手のストーカーではないか。

「それでさ、着任早々、捜査本部に呼び出されちゃったわけ。そしたら、なんと！　あいちゃんがいるじゃないの」

愉快でたまらないとひとりで盛り上がっていたが、講堂の入口に目をやって、しゅっと笑みを引っ込めた。警察幹部たちが入室してきたからだ。

「おっと、捜査会議がはじまるよ。さ、集中していこう。真剣にね」

それはこっちの台詞だ。

愛梨は一旦席を立ち、少しでも距離を取ろうと、有賀の隣に座りなおした。どっと疲れが出た。

「どうした」

有賀が正面を見据えながら、やや上半身を愛梨に傾けて聞いてくる。

「実は……」

視線を感じ、やや左に首を回したが、視界の端に吉澤を捉えたところで正面に戻す。おそらく満面の笑みを向けているだろう。有賀はすぐに悟ったようだ。

「ああ、吉澤警部か。大変だな」

「班長、人ごとだと思っているでしょう」

「そんなことはない。ただ、昨今、捜査技術の伝承ができていないことは問題になっているからな。吉澤さんのような人は貴重だと思うぞ」

捜査技術の継承――これは確かに問題になっている。

決してベテラン刑事が新人に対して指導を行わないというわけではなく、ベテランの経験のすべてが時代に合っているわけではないということだ。平成生まれの若い刑事に昭和の精神論をベースにした捜査技術が共感されるとは限らない。実際、刑事部の志望者数は年々減ってきているという。

刑事教養係は、捜査ノウハウを蓄積し、現代の犯罪、そして若い刑事たちに対応させ、展開するためにある。つまり、これからの警察を動かす大切な任務を背負っているのだ。

幹部たちの席は、集まった刑事たちと対峙（たいじ）するように最前列に並んでいる。

殺人事件の捜査本部は刑事部長名で発信され、捜査一課長が全体を管理することになっているが、複数の本部を掛け持つため、よほどの大事件でなければ実際の捜査指揮は管理官が執ることになっている。

中央に座る野田管理官だ。切れ者で名が通っているが、それはハードジェルで固められたオールバック、細い体軀にぴったりと張り付くスリーピースのスーツにも表れている。そして最近かけはじめた銀縁眼鏡は、その奥に光る鋭い眼光を増幅させ、いまもその眼は刑事たちに向けられている。

これは野田の一種の儀式で、この捜査会議室を一個の人間にたとえている、と愛梨は思っている。野田は頭脳、そして刑事たちは目や耳などのあらゆる感覚器官や筋肉。走り回る足でもあり、手錠をかける腕でもある。

つまり、空気を研磨するようなこの時間は、自分の身体の隅々まで神経を研ぎ澄ますこととなのだ。すこしでも『からだ』に異常を感じたら、外科手術のように躊躇なく切り落とすだろう。

皆もそう感じているのか、ざわついていた会議室は波がひくように静まり返っていく。

やがて、鋭い号令が飛んだ。

「起立っ！　礼っ！」

一糸乱れぬ動き。愛梨は、このとき自分が警察官の一員であることの誇りと責任を再確認する。

前方から資料が回されてきた。野田は皆に行き渡るまでじっくりと待ってから口を開いた。

「事件概要を説明する。本日、午前三時四十分、中央区佃一丁目の路上で男性が倒れているとの通報があった。被害者は相野秀幸さん、四十五歳。フリーランスの経営コンサルタント。妻と子供ひとりとリバーシティにあるタワーマンションに住んでいる。家族によると、昨日は夜九時頃にいったん帰宅したが、夜中に再度、外出したようだ。普段から海外とのやりとりが多く、夜中に仕事をしたり、趣味のランニングに出かけたりすることはよくあったため、外出することについては特に不審には思わなかった。ここ数日においても、特に変わったことは見受けられなかったそうだ」

有賀が愛梨を一瞥して、眉をくいっと上げて見せた。ランニングの格好をしていれば、夜中に出かけても家族は不審に思わない。それは愛梨の読み通りだったからだ。

「次っ、被害者の状況っ！」

鑑識員が立ち上がった。

「死亡時刻は午前二時前後。被害者の背中と胸に合計二箇所の刺し傷がありました。現場の状況から推察しますと、まずは背中、ついで胸の順に刺されたと思われます」

手元の資料にある現場の写真、略図を眺める。背後から襲われ、振り返った、または前に回り込まれて正面から刺されたのか……。

「凶器は鋭利な刃物。刃渡りは十五センチ前後と思われます。また右手の親指が切断されておりました。これは凶器となった刃物のようなもので切断したのではなく、ワイヤーカッターのようなペンチ状のものでもぎ取るような力がかかったと思われます」

もぎ取る、という表現に、首筋が冷たくなった。

「それは殺害の前か、後か」

野田が姿勢を乱さずに聞いた。

「後だと考えています。被害者が動ける間に親指を切断されたとすると、親指から出た血液が周辺の路上、または身体に斑点状の血痕を残すはずですがそれがありません。したがって、すくなくとも被害者が動けなくなってから切断されたと考えるのが自然かと思います」

野田が頷くのを確認して、鑑識員は着席した。

愛梨はメモをとりながら考える。

死亡推定時刻は深夜二時。まり通報されるまでに二時間ほどの開きがある。深夜とはいえ、この東京で誰にも見つからずにいられるものなのだろうか。

野田が続けた。

「発見現場は住宅に挟まれた路地。あのあたりは夜になれば住民以外にひとの行き来はなく、連日の熱帯夜であったことから、エアコンをかけるために窓を閉め切っていた。よって物音に気づいた者もいない。第一発見者も、たまたま用事があって通りかかっただけだったらしいから、ふだんなら夜が明けるまで誰も通らなくてもおかしくない」

声を落としたまま有賀に聞いた。

「犯人はそれを狙ってあの場所を選んだのでしょうか？　土地勘があると」

「どうだろうな」

「続いて目撃情報っ！」

また鋭い指示が飛んで、正面に視線を戻す。

事件直後に聞き込みを行っていた捜査員が順に報告をしていく。しかし、時間が時間だっただけに、この時点で有益な情報がもたらされることはなかった。

「それでは組分けをお願いします」

野田から指示された刑事部の係官が名前を読み上げていく。通常は捜査一課の刑事と、現場をよく知る所轄の刑事が組んで捜査に当たる。

有賀は湾岸署から応援に来た中堅刑事と組むようだ。さて、あたしは……。

「青山っ、吉澤っ」

は？　うそでしょ……。

愛梨の身体から血の気が引く。しかしそれが大波となって戻ってくると、脳に向かって打ちあがった。

なんでよ！　前回はともかく、どうしてこの状況で元義理の父親と組まされるのよ！

「どうしてなんですか！」

捜査会議が解散になると、愛梨は有賀を振り切って野田の元に走った。

「どうしてとは？」

野田は手元の資料に目を落としているが、両サイドの幹部たちは、いまにも炎が出そうな目をして愛梨を睨んでいる。巡査の分際、そして女ごときが生意気な、とでも言いたそうだ。

基本的に愛梨は組織の決定には疑問を持たない方だ。そして新人らしく粛々と任務を遂行してきた。反抗心なんてもったことはないし、歯に衣を着せないキャラを目指して目立とうなど微塵も思っていない。

だが、それとこれとは話が別だ。まるで自分がもてあそばれているような気すらしてくるのだ。

「吉澤警部は私の元義理の父親です。捜査の妨げとなるような関係性を持ち込むべきではないと考えます」

野田は顔を上げると、背もたれに身体を預け、興味深そうに愛梨の反応を窺った。

「管理官、まさかとは思いますが、これって吉澤警部の希望じゃないですよね？」

「その通りだ」

え、それマジでストーカーなんですけど。

「そんな私情が許されるのですか？」

「私情とは聞いていない。ただ、吉澤警部が担っているのは捜査技術の伝承だ。これは将来の警察像を鑑みると非常に大きな問題であり、その時代に合った捜査技法を確立するという重要な任務だ。吉澤警部はそのモデルをつくりたいとの考えだ。そこでうまくいくこといかないことを見極め、水平展開を行う。吉澤警部は若手の指導に関しては評価が高い。その彼がモデルケースにふさわしい相手を冷静に見極めた相手がお前だ。失敗はゆるされないぞ」

吉澤め……。それらしい理由を見つけたものだ。

「それに、お前たちは以前もコンビで事件を解決したじゃないか。あの一件は上層部も評価している。ベテランと新人、適切な組み合わせと技術の伝承が行われれば、おおきな成果をもたらすとな」

「しかし……やりづらいんです」

「お前の個人的な感情か、被害者の無念や遺族の悲しみを少しでも早く終わらせることができるという期待、そして将来の警察の姿か。俺は指揮官としてどちらを選ぶべきだ」

そこまで言われると、もう打つ手が……。

有賀がぽんと肩を叩いた。その目が、もう諦めろと言っていた。

愛梨は一礼して回れ右をする。その先にくいだおれ人形が立っていた。

「お話は終わった？」

吉澤は満面の笑みだ。

有賀が頭を下げる。

「警部、うちの青山をよろしくお願いします」

「いえいえ、いつもうちの愛梨がお世話になっています」

まるで親のような物言いだ。

有賀はかつては機動隊で鬼と評されたらしいが、去り際にその鬼が笑っていたのは気のせいだろうか。

捜査は、目撃情報を徹底的に洗う『地取り』と、被害者の人間関係を洗う『鑑取り』に大きく分けられ、組分けされた各捜査班はそれぞれに特化して捜査を行う。

しかし捜査技術伝承のモデルケースとなることが第一の目的に掲げられている吉澤・青山班は横断的に全て(すべ)の捜査に関わ(かか)ることになっていた。捜査終了後は膨大なレポートの提出が求められており、それも愛梨の気持ちを重くさせた。

さらに、その差別された動きはほかの刑事たちの奇異の目を引いた。

仲良し親子で捜査ごっこか。

被害妄想かもしれないが、そんな声まで聞こえてくる気がする。

下馬評は結果で見返すしかない。愛梨は邪念を振り払い、炎天下、足を進めた。

「捜査というのは確かな情報を積み上げていくことが大切だよ」

吉澤が指導官然とした口調で言う。

いま、ふたりは佃大橋の真ん中からやや佃島寄りに立っていた。

隅田川の最も河口近くにかかる中央大橋、佃島の先端に林立するタワーマンション群、無骨な住吉(すみよし)水門の手前には住吉神社の鳥居が朱色に輝いていた。

「でもね、捜査の初期段階においては想像力が大切なんだ。犯人と被害者の関係、当日の動き、そしていまどこでなにをしているのかをイメージするんだ」

「想像で話を進めたら、あとで二度手間になりませんか。冤罪を生むかもしれない」

「もちろんそうだね。だから、あくまでも初期段階。いち早く包囲網をつくるためには、勘を働かせることも必要になる」

愛梨がなにかを言う気配を察して、吉澤は機先を制した。

「もちろん、勘といっても経験に裏打ちされたものである必要があるよ。当てずっぽうとは根本的に違う」

そのためには――と言いながら、吉澤は背伸びをして腰のあたりを握りこぶしで叩いた。

「情報が必要。証言や証拠は水ものだ。時間とともに風化し、変質する。新鮮な生の情報を得るには、無駄骨を折ってでも走り回ることが大切だね」

「では、経験に裏打ちされた吉澤さんの勘を聞かせてください」

「筋読みか。そうだね、まず通り魔じゃない」

愛梨が理由を尋ねるような目を向けると、吉澤はそば屋の岡持ちを持った自転車が通り過ぎるのを待ってから続けた。

「被害者の親指が切断されていたでしょ。あれ、どう思う?」

「親指コレクターの通り魔では?」

愛梨はあえて逆説を唱えてみた。

「猟奇的な犯行だね。確かにありえない話じゃない。でも、僕の想像では顔見知り、または一方的かもしれないけど被害者のことを念入りに調べた人物」

「そのこころは？」

吉澤はなにも言わず愛梨を見返してくる。試しているようだ。

「携帯電話、ですか」

果たして吉澤は満面の笑みを見せた。まるで、だから親子は似るんだなぁ、とでも言いたげだった。法的にも、生物学的にも親子でないことは確実なのだが。

「被害者は携帯電話を所持していませんでした。この時代、どこに行くにしろ携帯電話を持たないのは不自然に思います。そして携帯電話にはセキュリティがある。親指が切断されていたのは、被害者が持っていた携帯電話に指紋認証機能がついていたからではないでしょうか」

吉澤は何度もうなずいた。

「僕もそう思う。つまり、犯人は被害者の持つ情報が欲しかった」

「では、少なくとも犯人は被害者のことを知っている人物ということになります。鑑取り班がそのあたりの人間関係をつかんでくれるかが鍵（かぎ）になりますね」

「そうだね。特に仕事関係。経営コンサルタントっていうことだったけど、敵を作ることになっていなかったかどうか」

愛梨は欄干に肘（ひじ）を載せる。その橋の下を屋形船が水波をたてながら通過した。

果たして、情報だけが目的でひとを殺すだろうか。まだ全貌が見えてこない。

「それで、これから我々はなにを？」

「犯人の足取りを追ってみよう」

「どうやってですか？　犯行が深夜で目撃者はおらず、いまのところ防犯カメラにもそれらしい人物は映っていないって話でしたよ」

それだよ、と吉澤は人差し指を立てた。

「まず、なにをもって『それらしい人物』とするのか。罪を犯した人物すべてが挙動不審な動きをするとは限らない」

今度は中指を加えて二本指を立てた。

「最寄り駅は地下鉄月島駅。でも犯行時に電車は動いていないし、駅周辺には監視カメラがどっさりある」

「ですね」

「逆に考えると、犯人はカメラのない道を通ったということになるよね。いわば『抜け道』だね」

「なるほど、月島の地図にカメラがない道を塗っていけばルートが見えてくるんだ」

愛梨は高揚した。やはり吉澤は指導官としては優秀なのだろう。知らないことを知識として得られる喜びを感じた。

「そう、そこで我々が考えることは、防犯カメラに映っている人物のなかに犯人に見えないけど怪しい者がいないかどうかを精査すること」

「犯人に見えないけど怪しい者ってどうやって判断するんです」

「それが足取りだよ。ここは島だ。ということは、島から出るには橋を渡らないとならない。この島にかかる橋は大小含めて全部で八本だ」

「そんなにあるんですか」

「それでも可能性は八分の一だよ」

「じゃあ、犯行時間後にそれぞれの橋を渡った人物がどういうルートでそこに至ったのかをすべて洗い出す？」

「そう。そのなかに『抜け道』を通ってきた者がいたら、それが『それらしい人物』。だから、そのための地図をつくる。犯人がどこから来てどこに行ったのかがわかれば、地取りのエリアを絞ることもできるよね」

「なるほど、了解しました」

踵（きびす）を返し、歩き始めてから、ふと気になった。

「あの、もし犯人が車をつかったとしたら？」

指導官たるもの、そんなことは織り込み済みだというように言う。

「実はその方が早く犯人にたどり着けるかもしれない。というのも、Nシステムでナンバーを追えるから。車の所有者はすぐに割り出せるでしょ？　その中から被害者と関係がある人物を探せばいい。今、別の班が当たっているはずだよ」

なるほど。

しばらく歩いて、また聞いた。

「もし犯人がこの島の住人だったりとか、人気の多くなる朝まで近くの公園などに潜伏していたりしたら？　橋を渡らなくてもすむのでは」

吉澤はここでも余裕の笑みだ。

「被害者と同じく犯人がこの島の居住者である可能性はあるけど、被害者と関係ありそうな人物で、佃島在住者は限られる。それと人に紛れられる時間まで公園などに潜伏した場合、それはそれで目立つ。それらは地取り班が当たっているから任せよう。我々は各捜査の隙間を埋める」

ここもよどみなく答えた。吉澤の中では理路整然とした考えがまとまっているようだ。

このあたりは学ぶべきことだと思う。

しかし、愛梨はどちらかというと転ばぬ先に杖（つえ）をついておきたいタイプなので——特に離婚してからは——最後にもうひとつ聞いた。

「ちなみに、船とか」

「え？」

「いや、ほら。ここは島だから四方を水に囲まれているし、対岸まで狭いと二十メートルくらいしかないところもありますよね。夏だし、泳ぐことだってできるかなって」

「お、泳ぐかな、わざわざ」

「もし、どうしても橋を渡りたくなければ」

愛梨自身、そんなことはあるまいと思うものの、可能性は潰しておきたいし、それに吉澤に対するちょっとした謀叛でもあった。

無言で歩くこと一分。

「その可能性も思いついていたけど、この段階ではまだ考えなくてもいいかな」

……絶対に思いもよっていなかったな。

月島は〝もんじゃ〟が有名で、人気店が軒を連ねる『月島もんじゃストリート』は、平日の昼間だというのに観光客を中心に多くの人で賑わっていた。

ここでは、ちょっと視線を巡らせるだけで、防犯カメラがふたつ、みっつと見つけることができる。

たとえ深夜はどの店も閉まっているとはいえ、殺人を犯した人間が好む道ではないだろう。ならば、と佃の、主に裏路地を選んで歩いた。たとえ夜中だったとしても、犯行後に誰かに会わないに越したことはない。犯人はそう考えるはずだ。

表通りほど防犯カメラは期待できないが、必ず、どこかに痕跡を残しているはずだ。

愛梨は額に浮いた汗をひとぬぐいすると、炎天下、歩みを進めた。

2

愛梨たちの、隙間を埋めるような捜査の過程でひとつの動きがあった。

「現場近くで財布を落としたという届け出がありまして、時間を聞いたら事件が起こった時刻に近くてですね、それで気になったんです」

そう言うのは、月島の隣、勝どきにある勝どき橋交番の巡査だった。

現場近くを通りかかった人物がいると連絡をもらい、こうして状況を聞きにきていたのだった。

「つまり、その人は事件があったときに近くを通っていたということですか？」

「そうなんです。それで事件のことを聞いてみたんです」

愛梨は吉澤と頷き合い、さらに聞いた。

「怪しい人物を目撃したとか？」

「いや、それがですね、はっきりしないといいますか……。何者かを目撃したらしいのですが、はっきりしないんです」

煮え切らない反応に戸惑う。

「つまり、遠かったとか、暗かったとかではっきり顔が見えなかった？」

「いえ、見たけどわからないというんです。すいません、わたしもどう説明すればよいか」

警官は困り果てた表情を愛梨に向けた。

「じゃ、確かなことから聞かせてください。その方の氏名は？」

「成田幸雄さん。六十四歳。現住所は長野県松本市。当日は好きな歌舞伎を見るために上京してきたそうです。宿は新橋のビジネスホテルでしたが、食事をしたあと、乗る電車を間違えて豊洲まで行ってしまったようです。上り電車が終わってしまったために、徒歩にてホテルに戻ろうとしており、佃を通りかかったのが午前二時くらいだったということです」

我慢できなくなったのか、吉澤が前に出た。

「そこで、はっきりしないまでも不審な人物を見たということなのかい？」

「はい。ただ、証言をとることが難しそうでして」

「それはどういうことだ？」

「本人はレビー小体型認知症を患っているというんです。現在、長野にある高齢者医療研究センターにて治療をかねて治験に参加しているのですが、昨日は外出許可が下りたので、歌舞伎を見に来たと」

「えっと、認知症だって？」

「はい。本人の言うところでは、アルツハイマー型のように日常生活に支障を来すわけではないらしいです。ただ、このレビー小体型認知症の特徴が、幻覚なのだそうです」

「おいおい。そういうことか」

「はい。本人が見た情報から人相を書き起こすことはできますが——」

「信頼性に乏しいということだね」

「そのとおりです。実際に見た人物とは限りませんので」

捜査本部に戻った愛梨は、野田にそのことを報告したが、案の定渋い顔をされた。

野田は理路整然とした思考の持ち主で感情はあまり表に出さないのだが、不確実で扱いに困る情報に遭遇したときは、そんな表情をする。

「なんとかならんのか。いまのところ唯一の目撃者だぞ」

「はい。とりあえず似顔絵だけでも作成しようと思ったのですが、下手に絵があると、もしそれが現実とかけ離れていたときに混乱するような気がしまして」

「そうだな……。わかった、そっちはこちらで対応するから、お前たちは話を聞いてきてくれ。長野から上京しているということだが、協力はしてもらえそうなのか」

「はい、ご本人は滞在を延ばしてくれるそうです」

「わかった、宿泊費等の補助が必要になるようだったら言ってくれ」

そこに野太い声で呼ばれた。その主は、福川捜査一課長。

現場の叩き上げで、一刑事から捜査一課のトップまで上り詰めた。能力だけでなく、部下からの信頼がなければその地位には留まることもできない。

幹部といっても一課長はキャリアではなく、出発点は愛梨や他の刑事たちとかわらない。その歴戦の勇士を彷彿（ほうふつ）とさせる佇（たたず）まいが、得も言われぬ迫力をもたらし、絶対の信頼を置く根拠になっている。

福川の言葉は一語一句聞き漏らしてはならない。そんな気持ちで向き合う。

野田は福川に向き直ると、愛梨の報告を過不足なく要約して伝えた。

「なるほどな。証言が得られたとしても、それが正しいかどうかは、専門家に意見を聞く必要があるということだな？」

愛梨は同意して頷いた。

「認知症に関する専門家、つまり医師ということでしたら、認知症専門クリニックや、総合病院の脳神経内科・外科、それと精神科などの――」

「精神科だな」

福川はゴツゴツとした人差し指を立てて、愛梨を制した。

「あ、はい」

「そうか、それはちょうどよかった。その件について話がある。ちょっときてくれ」

「なにか進展があったのですか？」

愛梨が聞くと、福川はふっと息を吐いた。

「そんなにあわてるな。まずは犯人像を描く。そのために君たちには動いて欲しいことがある」

福川と野田の後につづいて階段を降りると、福川はとある応接室をノックし、返事を待たずにドアを開けた。それは入室の許可を得るものではなく、入るから覚悟しろ、と言っているようにも思えた。

ややくすんだ応接セットのソファーに座っていた男が立ち上がった。

その男を見て、思わず声を上げた。

「な、なんで、いるのよ。ここに」

愛梨は、いったんは止まってしまった呼吸を回復させようとしたが、咳き込んでばかりで酸素が入ってこない。

「倒置法ですね。『ここに』が強調されている」

「そ、そんなことはどうでもいいの。なんでここにいるのかって聞いてるの」

抜けた笑顔を浮かべるその男は、渋谷雅治。年齢は四十半ば、身長一八〇センチでがっしりとした体形、長い髪を後ろで束ねてまとめている。いわゆるマンバンというスタイルに口を囲む髭。さらに色合いは抑えてあるが、れっきとしたアロハシャツを着ているのが、捜査機関にあるまじき強い違和感を放っていた。

渋谷の見た目はかなり胡散臭いが、その筋では有名な精神科医で、以前、中目黒の事件に捜査協力をした。

「えっと、僕、専門家として呼ばれたの。『ここに』」

相変わらずイライラさせる言い方をする奴だ。

「アメリカに行ってたんじゃないんですか」

「ただいまです」

ふざけた敬礼をしてきた。だめだこいつ、チャラついたオヤジでは話にならん。

「一課長、管理官、これはいったいどういうことなんですか」

愛梨の声は、助けを求める迷える子羊のようだった。

「それは、渋谷先生から話していただいたほうがいいんじゃないですか」

福川は渋谷の隣に腰をおろし、促した。

「アメリカでは、事件捜査に精神科医が加わることが多々あります。結局、事件を起こすのはひとなので、犯人の動機や精神状態を理解したり、現場に赴いて被害者のケアをしたりすることもあります」

「それは日本の警察でもあるでしょ。前回みたいに」

「ええ、しかし根本的に違うところがあります。協力ではなく、参加。つまり捜査員として加わるかどうかです。アメリカでは、直訳すると『司法心理士』という肩書きがあって、事件捜査に特化した精神科医のことです。精神医学だけでなく事件捜査の手法も熟知することで、適切な判断・処置が行えるのです」

「つまり、民間採用の警察官ってことですか？」

これは福川に聞いた。

サイバーテロや、多言語によるコミュニケーション、金融犯罪など、近年の犯罪は複雑化している。それらに対応できるよう警察官を教育するよりも、その道のスペシャリストに警察官になってもらったほうが早いこともある。それが民間採用だ。

「いや、そういうわけではない。あくまでも捜査情報に触れられる資格を持たせるということだ」

「捜査に参加できる資格を持つ精神科医。それが『司法心理士』です」

渋谷が言い、福川が受ける。

「日本ではまだ正式には採用されていないが、提唱はされていて、渋谷先生がそのテストケースになる。警視総監も注目されているプロジェクトだ」

嫌な予感がする。

「つまり、渋谷先生を我々の捜査に？」

「正確に言うと、君たちの捜査に加える」

嫌だ、と喉元（のどもと）まで出かかったが、横で吉澤が言った。

「考え直してもらえませんかね。それか他の人を当ててもらったほうがいいかと」

どうやら吉澤は喉元で止まらなかったようだ。

「いえね、僕は捜査技術伝承プロジェクトに関わっておりまして、正確に効果測定を行う必要がありますので」

「だからこそですよ、吉澤さん」

「なぜですか」

「渋谷先生にも、それを伝承してください。さきほども申しましたが、捜査に関する専門知識を有することが、司法心理士には必要です」

渋谷がちょこんと頭をさげた。

「しかしですね……」

「すでに守秘義務契約書にもサインしてもらっていますので、ご心配なく。それに中目黒事件の真相を暴いたのは、あなたたちトリオの活躍と聞いています」

「あのときとは状況が」

今度は野田が冷静さを保ったまま言う。

「例の目撃者の件、精神科医の意見が欲しかったんだろ？」

確かにそうだが……。

「この夕方の捜査会議で紹介する。その間に、三人で目撃者から話を聞いてきてくれ。いま、本庁で鑑識課が似顔絵作成に当たっているはずだ」

「え？　捜査会議にも出るんですか？」

「だから、司法心理士なんだ。ただの精神科医とは違って捜査員として加わる」

福川が立ち上がった。不毛な会話はここまでだ、と態度で示しているようだった。

桜田門（さくらだもん）まで捜査車両で戻った。愛梨がハンドルを握り、助手席には吉澤、そして後部座席には渋谷。だが、久しぶりの再会を楽しむような会話はなかった。

愛梨としては、渋谷は興味深い人物であると思っている。要点のつかめない会話に苛立(いらだ)つこともあるが、深い造詣(ぞうけい)に感心することもあるし、愛梨が悩んでいたときに、さりげなく捜査の道筋を示してくれたこともあった。

また吉澤を含め他の者は知らないが、彼はその浮ついた印象の陰で心に傷を負っている。その危うさといえばいいのか、二面性に愛梨は惹(ひ)かれてはいるのかもしれない。ただ、心のどこかでそれを許さない自分がいるような気もしている。

男には懲(こ)りたでしょ、と。対して吉澤は渋谷を嫌っていることを隠そうとすらしない。基本的にひとを嫌いになるような人物ではないのだが、娘に悪い虫を寄せ付けないようにする頑固親父(おやじ)のような感情なのだろう。娘ではないのに。

会話のない状態に耐えきれず、愛梨は口火を切った。

「渋谷さん、いつ帰国してきたんです?」

バックミラー越しの渋谷は、さしかかった銀座四丁目交差点を行き交う人々を興味深そうに見ながら答えた。

「一週間ほど前ですよ。バタバタしてて、ご連絡できなくてすいません」

「別に連絡する必要はありませんよ」

すかさず吉澤。棘(とげ)しかない言い方だ。

「遅ればせながら、お久しぶりです。その節は随分とお世話になりました」

吉澤が無視したので、いまのはどっちに声をかけたのだ、と戸惑う。投げかけられた言葉が宙に浮きっぱなしなのも気持ちが悪いので、愛梨は、こちらこそ、と答えた。

「あいちゃん、お昼はどうしようか。ふたりで美味いうなぎでも食べに行くかい？」

なんだこの三角関係は。会話が成立しない状況に、思うことはひとつだった。

　ああ、面倒臭い。

　本庁舎二階にある会議室で、目撃者である成田と対面した。

こけた頬、剃り残した白い髭。白髪を綺麗に後ろに流している。皺々のポロシャツから伸びる手足を含め、身体全体が細い。言ってしまえば生命力に乏しい印象だった。いまは似顔絵作成を終えたのか、アイスコーヒーをありがたそうに飲んでいた。

「成田さんですね。ご協力感謝いたします」

　愛梨は頭を下げた。

「いえいえ、少しでもお役に立てればいいのですが」

男性にしては高音域が多く含まれる声だなと思った。すきっ歯だからかもしれない。

　そこに、鑑識員が似顔絵のコピーを手渡してきた。

中年の男だった。繊月のような細い目と、垂れ下がる頬に引きずられたかのような口角が、厚かましい印象を受ける。

「これが、あなたが見た人物なのですね？」

「はあ。ですが……、えっと私のことはお聞きになっておりますでしょうか」

孫娘のような愛梨に対しても恐縮の姿勢を崩さない。

「はい、聞き及んでおります。それで、こちらは精神科医の渋谷先生です」

成田の顔が一瞬曇ったように見えた。

あれ、医者を恐れている？

渋谷も同じように感じたようだ。

「安心してください。僕は警察のお手伝いをしているだけで、成田さんを診察するのが目的じゃありませんから。ひょっとして、病院でなにか不快なことでもあったんですか？」

「そんなんじゃないんだけども。精神科のお医者さんっていうのは、話していると頭のなかを覗かれてそうで……気持ち悪いって言うか」

渋谷は腰を折って視線を成田と同じ高さに合わせると破顔して見せた。

「だいじょうぶですよお！　精神科医も神じゃありませんから、患者さんと信頼関係ができなければそんなことできませんから。それに、なんの断りもなく頭を覗くなんて、ノックもなしに家に入り込むようなものですよ。僕だっていやですよぉ」

成田は安堵（あんど）したような表情に変わった。

この流れで渋谷に聞いてもらった方がいいだろう。渋谷も意図を汲（く）んだのか、成田の向かいのパイプ椅子を引いて腰を下ろした。

「似顔絵の作成、ご苦労様でした。すくなくとも、成田さんにはこの顔に見えたってことですよね」

「はあ、そうなんです」

「このひとに見覚えがありますか？　知り合いじゃなくてもテレビや新聞で見ただけかもしれません」

　成田は首を振る。

「いえ、覚えはないですね……」

「この似顔絵のひと、印象でいうと五十歳くらいですかねえ」

　いまのは質問ではなかったようだが、渋谷は成田から目を離さず観察している。成田も急に現れた精神科医の存在が気になるのかチラチラと様子を窺っているが、目が合うと慌ててそらす、を繰り返している。

「ちなみに服装は覚えていらっしゃいますか」

　これは監視カメラで追うためにも大切だ。愛梨は手帳を取り出して、備えた。

「暗くてよく見えなかったんだけど、上は黒っぽいTシャツで、下はジーパンだったように見えたけども」

「Tシャツに柄はありましたか？」

「いや、無地だったかなあ。すいません、記憶になくて」

　愛梨はなるほど、と思った。こういう場合、警察がどんな情報を必要としているのかを精神科医が理解していれば話が早い。それが司法心理士の要件なのだろう。

「身長なんてわかりますか？」

「うわあ、どうなんだろう。離れていたから」

「近くに比較できるものはありませんでしたか？　自動販売機とかポストとか、なんでもいいです」

しばらく眉間に皺を刻んで考え込んでいた。

「橋の上だったもんで、なにもなくてはっきりとはわからないけど、オレと同じくらいだったかなあ」

そうですかそうですか、と何度か頷き、最後にと渋谷は続けた。

「成田さんと、その男の位置関係を確認させてください」

「東京のことはよく知らないんだけども、大きな橋があってね、そいつは反対側にいたんだ」

地図に指を置いたところによると、それは佃大橋。反対側ということは六車線分、約二十メートル。視力にもよるが人相の特徴をつかむことは可能。

「それで、成田さんはそのまま橋を渡ったんですか？」

「いや、また戻ったんだよ」

「橋を渡らずに？」

「うん。実は道に迷ってたんだよ。だから、この橋でいいのかどうか不安になって」

「その男は、どうしました？」

「それがさ、ついてきたんだよ」

「どんな様子でしたか。話しかけたりなどしてきませんでしたか」

「それはなかったかな。ただオレも道に迷って、あっちをうろうろ、こっちをうろうろとして歩きまわっちゃっていたから、気づいたらいなくなってたなぁ」

　あまり気持ちのいい話ではないな。

　愛梨はそう思いながら、似顔絵の男をもう一度眺めた。

「似顔絵の男に特徴的なことはありませんでしたか？　例えば持ち物とか」

　これも防犯カメラで特定する際に重要になる情報だ。

「手ぶらだったかなぁ……あ、いや、袋を下げていたかな」

「どんな？」

　成田は軽く目を閉じたが、記憶にアクセスするかのように眼球がせわしなく動き回っているのが薄い瞼の下でもわかった。ふっと目をひらいたが、申し訳なさそうに目尻は下がったままだ。

「すんません。覚えていないです……」

「いえいえ、ぜんぜん大丈夫です。僕なんて昨日のお昼ごはんも覚えてませんから」

　しばらく笑い声を重ねた。

「で、成田さんはその後どうされました？」

「なんか、小さな橋をいくつか渡って、よくわかってないけど、なんていったかな。築地市場の近くの有名な橋を渡って……」

「勝鬨橋ですかね？」

「そうそれだ」

渋谷はクイズに正解したようにはしゃいでみせる。

だが、その目は決して成田から離さないことを知っている。常に観察し、その人間を理解するためのヒントを探している。

「今日はありがとうございました」

「役立たずで申し訳ありませんです、ほんとに」

「あとになって思い出す記憶もありますので、なにか思いつかれたらいつでもご連絡ください。思い違いだ、なんて遠慮しないでくださいね」

「もちろんです、どうも、すんません」

成田は何度も謝っていた。

その後、担当官から五千円ほどの謝礼金を受け取ると、またありがたそうに頭を下げた。

愛梨は、ホスピタリティを意識した声で話しかけた。

「でも、財布がないと大変ですよね。滞在先のビジネスホテルには警察の方から連絡を入れて事情を話しておきますが、その他、大丈夫ですか？」

「ありがとうございます。人足をやっていたころの癖で、現金は一度には持ち歩かないようにしておりましたんで、なんとかなります。これも助かります」

謝礼金の入った茶封筒を拝むように両手で挟んだ。

交通課の職員が新橋まで送っていくことになり、成田は何度も頭を下げて部屋を出て行った。

愛理は似顔絵を手にすると、目を細めた。いつもこうやって実際の顔を想像するのだ。顔だけでなく、その息づかいまでも摑もうとする。それがリアルに感じられるほど、いまもまだどこかに逃げ隠れしている犯人に対する憎しみを増幅させる。それが、捜査に駆り立てるエネルギーになる。

しかし、今回はどこか引っかかり、憎しみのレベルに到達しない。『事前情報』のせいだ。

愛理は鼻から息を吹き出しながら、それに合わせて肩も落とした。

「渋谷先生、これって幻覚なんですか？　ずいぶん細部まで特徴を捉えられているように思えるんですけど」

実は幻覚でなく、実際に見た顔であったほうが捜査も進展するのでありがたいのだが。

「幻覚だからこそ、細部まで見えていた、と考えることもできます」

確かにそうかもしれない。暗がりで一瞬だけ見た表情を細部まで捉え、記憶しておくことは難しいだろう。となると、やはりこれは成田が見た幻なのかもしれない。

「なるほどですね」

愛梨は今度ははっきりとした、ため息をついた。

「それはそうと、先生は嫌われていませんでした？」

渋谷は苦笑した。

「気づきましたか。けっこうあるんですよ。特に精神科医の場合は信頼関係が非常に重要なので、担当医が替わると警戒されます。あと――」

表情を曇らせた。

「あってはいけないことですが、稀に、虐待とはいわないまでも嫌がらせをうけることがあったり、お世話をするときにそういった気持ちが態度に表れたりする者がいることもあります。そういうのって、患者さんは敏感に感じとられますし、精神衛生上よくない影響を与えてしまいます」

「成田さんが緊張するような素振りを見せたのは、そういうことを経験していたからだと？」

「それはわかりませんが、初めての医師にはバリアを張るひとはいらっしゃいます」

「なるほど。ところで、いまのところどうですか。この似顔絵は手がかりとして使ってもいいものでしょうか」

渋谷は険しい顔の似顔絵をしばらく見つめてから首を傾げた。

「まだなんとも言えませんね。でも、ここまではっきり描けるのって、その時にしろ過去にしろ、はっきりと見たことがあるケースが多いんですよ」

「でも、成田さんは会ったことないって」

「そうなんですよね。そこが不思議です。このひとが俳優とかだったらあり得るんですけど」

「ああ、テレビなんかで何度も見るから、覚えちゃうと」

「そうです。その人に関係するものが目に入って、幻覚を見たという可能性はありますね。ちなみに、この人って有名人ですか？」

「いや、知りません」

そういえば、さっきから吉澤は無言で似顔絵を見ている。

「吉澤さん、どうしました？」

「あ、いやね、僕はどっかで見たことがあるような気がしてね……。でも俳優とかじゃないんだよね。従兄弟(いとこ)に似ている気がしなくもないし、気のせいかなあ……」

そう言われてみると、確かにどこかで見たような気もしなくもなかった。

しかし、だからといって記憶がつながりそうな気配はなかった。

こういう時はしばらく時間をおいた方がいい、と愛梨は早々に諦め、捜査本部のある月島署に戻ることにした。

「ただいまご紹介にあずかりました渋谷です。どうぞよろしくお願い申し上げます」

夕方にはじまった捜査会議。その冒頭で渋谷は挨拶(あいさつ)をしたが、居並ぶ刑事たちを前にしても動じる様子がなく、柔らかい笑みを終始浮かべている。

よく言えば『心に不安がある人であっても安らぎを得られるような笑顔』だが、悪く言えば『緊張感のない、ひとを小馬鹿にしたような抜けた笑顔』ということにもなる。

渋谷はもともと警察から依頼をされ、被疑者の精神鑑定や被害者のケアをしてきた。神奈川（かながわ）県警から感謝状をおくられるほどで、警察組織になれているということはあるだろう。

それにしてもだ。あのひとを食ったような態度が気に入らない。ちょっと血の気の多い昔気質の刑事から胸ぐらを掴まれてもおかしくない。

「それで渋谷先生、さっそくですが、状況についてはご理解いただけておりますか？」

野田管理官が言い、渋谷は頷いた。

「犯人を目撃している可能性が高いのに、その証言を信用していいかがわからない。その原因となっているのが、『レビー小体型認知症』の特徴である幻視であると認識しております」

「その通りです。これは目撃者である成田さん自身がおっしゃっています。自分でもわからない、と。簡単に説明していただけますか。本人でもわからないというのはどういうことなんですか」

渋谷はファイルをいったん広げたものの、パタリと閉じて皆に目をやった。

「岩海苔（いわのり）かなぁ」

愛梨は目を伏せた。

渋谷節といえばよいのだろうか。突然、周りが追いつけないようなことを言い出すきらいがある。

すいません、どうか怒らないでください、と保護者のような気持ちにもなるが、愛梨にはこれが彼のテクニックなのだということはわかっていた。

能書き的に説明しても、我々の頭の中に残るのはただの情報だ。得心できなければ丸暗記できてもすぐに消えてしまう。

そこで渋谷は体験させるのだ。

まず、皆の頭の中を空白にする。既成概念をリセットし、覚えるのではなくイメージさせる。

それが、岩海苔、と。

さて、問題はその体験に皆の堪忍袋がついていけるのかどうか。

「あ、いえね、僕の実家は海が近くて、冬になるとおばあちゃんが岩海苔を取りにいくんです。日本海の冷たい空気と波に手にはぁはぁ息を当てながら手伝いをさせられたものです」

案の定、会議室内の空気はどんよりとしている。困惑を通り越して怒りさえ覚えているような刑事までいる。

さて、どうするの？　渋谷センセ。あまり引っ張りすぎると暴動になるわよ？

「岩海苔。ま、こんなことを言われたら、大抵のひとは戸惑います。わけがわからずイライラするかもしれません。ちょうど、いまのみなさんのように」

渋谷は、陽(ひ)だまりのような笑みを浮かべて二秒ほど待ってから、真顔に変えた。

「レビー小体型認知症は、認知症のおよそ二割程度を占めています。記憶力や判断能力が低下するアルツハイマー型などと比較して特徴的なのが、『幻視』です。しかし、みなさんが想像する『幻』とはちょっと違うかもしれません」

野田が軽く眉間に皺を刻みながら聞く。

「それは幽霊を見たような感じですか？　現実にはあり得ないような……」

「いえ、それはこれまでの自分の経験が反映された、とてもリアルなものなのです。成田さんが自分の見たものに自信が持てないというのはそういうことなんです。僕がみなさんを岩海苔だと思えば、刑事さんの頭なのか、それとも岩海苔なのか、もう見分けはつきません。たとえここが日本海ではなく警察署の中であることを理解していたとしても、岩海苔にしか見えないんです。幻視とは、そういうふうに脳が誤認させてしまう疾患なのです」

愛梨は室内を見渡し、皆を代表するように言った。

「先生、意味がわかりません」

言いながら、学生のような気分になった。

すると渋谷は、「ちょっと待て」とばかりに両手のひらを向けて見せ、壁際に設置してあったホワイトボードを引っ張り出した。そしてホワイトボードマーカーで、小さな丸い点をみっつ、逆三角形になるように描いた。

「さて、これ、なんに見えます？」

点でしかないのだが、ぼんやりと浮かんでくるものはあるな、と思っていると渋谷がこっちを促すような目で見てくる。愛梨は仕方なく答えた。

「……顔？」

「それです！　ありがとう。どうですか、顔に見えませんか？」

渋谷に岩海苔と例えられた刑事たちの頭のいくつかが、コクリコクリと揺れる。

「人間の脳は足りない情報を勝手に補完する便利な機能を持っています。このように点がみっつ逆三角形に並んでいるだけで顔に見えてくるほどです。これは『シミュラクラ現象』といいますが、トンネルの壁のシミを見て心霊現象に思えてしまうのも、これで説明ができます。つまり、脳は自己の経験に基づいてイメージを創り上げる機能を持っているということです」

野田が銀縁眼鏡のブリッジを持ちあげた。

「先生、つまり過去に見たことがあるものに遭遇すると、それを想起させるような幻視を見るというわけですか？」

「その通りです。たとえば、ワカメおにぎりを手にした患者さんが、アリがたかっていると訴えてくることがあります。『黒くて小さなものがたくさんいる』イメージとしてアリが浮かぶのです。これは脳が視覚情報を処理する段階でエラーを起こしているからですが、そうなったらもう食べることはできません。その人にとって、少なくともその時は、ワカメはアリでしかないんです」

「そんなことが？　しかしワカメは実際には動いていないし、指をつたってくることもないわけですよね」

「脳は様々な情報処理を行っていますが、結局のところすべては電気信号です。視覚も触覚も味覚も嗅覚も。なかでも、ひとが外界から得る情報の八割は目から入ると言われています。それだけに、視覚は脳が判断する上での影響力が大きいのです。その他の感覚情報は脳内で『修正』されるというわけです」

渋谷は全警察官を見渡し、理解が追いついていることを確認してから続けた。

「実際に目にした光景が何であるのか、山でも川でも魚でも鳥でも、そう認識できるのは、脳が適切な処理を行えているからです。たとえば……ハイキングに来て、空を見あげた時に、ネコが飛んでいるように見えたとします」

「ネコ？　四本足の、あのネコですか」

「ええ。脳はネコが空を飛んでいるわけはないと素早く情報を処理し、必要であれば訂正します。ネコに見えたけど、コンビニの袋だね、とか」

「錯覚のことを言っているのですか？」

渋谷は人差し指をたてた。

「錯覚も脳が視覚情報の処理を誤っているパターンですね。ただ、成田さんが見る幻視というのは、錯覚ではなく現実なんです。そこにはいないはずの人物がいるように見えるのです」

「幽霊、のような？」

「患者さんが霊感の強い人みたいに誤解されることはよくあります。周りのひとからみたら、理解ができないからです。しかし、繰り返しになりますが、その人が見えたものがなんであれ、それはそれ以外のなにものでもない。成田さんが自分が見たものが本物なのかどうか見分けがつかないというのは、そういうことなのです」

「なるほど……。では、この似顔絵はどこまで信頼ができるのでしょうか。服装や身長がわかるだけでも助かるのですが」

「現状、なんとも言えません。いまある人物像は、成田さんの過去の記憶が投影されているだけかもしれませんので」

「では、手がかりはなく、この似顔絵も信用できないということですか」

「それを確かめようと思います。どこまで効果があるかはわかりませんが、明日、カウンセリングにより成田さんの記憶を整理整頓してみます。そうすれば見えてくることがあるかもしれません」

「整理整頓？」

「ええ、いまの成田さんの脳は、見たものを保存してはいますが、それを取り出す際に脳が混乱している状況です。混乱の原因はさまざまですが、過去の経験などが影響している場合、それを私が理解できれば、幻覚に変化する前の、『生』の記憶を取り出せるかもしれません」

「前回もやったあれか？　催眠術」

渋谷は苦笑する。

「催眠誘導、です。映画やドラマで行われているものは違います。ただ、幻覚を取り除いたとしても、記憶というのは時間とともに失われるものです。行うなら早い方がいいですし、そのためにも成田さんのこと、事件のことをよく知る必要があります」

催眠誘導は以前の事件でも行い、真相解明に寄与したが、多くの刑事たちはいまだにマインドコントロールのような、怪しげな印象を持っている。説明をされても理解が及ばないからだ。

「了解した。引き続き吉澤・青山組をつける。彼らと連絡をとりあってくれ」

「えぇー」

愛梨は心の中であげた不服の声が、思わず口をついてしまったのかと思ったが、その主は隣の吉澤のものだった。

「この前だってさ、途中から捜査に入ってきて、結局ぜんぶ持って行っちゃったもんね」

そのつぶやき、意外と声が大きい。

「吉澤警部、なにか」

野田管理官が鋭い眼光を飛ばしてきた。ほらみろ。

「いえ、歳をとると独り言が出るようになりまして。問わず語りというやつです」

愛梨は長いため息をついた。

また奇妙なトリオで捜査に当たることになってしまった。

確実なことが言いづらいこの世の中であっても、確信を持てることがある。

このトリオ。絶対に、もめる。

3

朝八時の段階で、連続猛暑日記録更新を確定させる気温になっていた。

愛梨は相変わらずエアコンの効きが悪い月島署の講堂で、吉澤、そして渋谷と膝を突き合わせていた。

「今日は成田さんのカウンセリングですよね。何時からですか」

「お昼くらいからを予定しています」

すると吉澤が手帳をパタンと閉じた。

「大先生がカウンセリングを行っているあいだ我々は邪魔でしょうから、今日は別行動ということにしましょう」

道理だろう？　とばかりに言う。

「いえいえ。司法心理士の仕事は全て可視化されてこそです。カウンセリングの様子はビデオ撮影されますが、その前後で被験者と適切に接しているかどうか、立ち会っていただいたほうが良いとされています。証拠として採用する際の信用度が違いますから」

吉澤は譲らない。

「我々は被害者の遺族から話を聞かなきゃならんのです。ですので渋谷先生は成田さんをお願いします」

渋谷が、我が意を得たとばかりに膝を叩いた。

「なるほど。ならば、やはり僕も行ったほうがいいでしょう」

「ま、たしかにそれはいいかも」

愛梨が、そう口にしたのは、遺族の精神状態を考えたからだったが、吉澤が敵から愛梨を守るかのように前に割り込む。

「いま言ったとおりです。先生は先生にしかできない仕事をしてください。聴取は警察の仕事です。あしからず」

今度は渋谷が譲らない。

「遺族の方はこの一瞬も精神的な苦痛におかれています。その状況で聴取を受けるのはかなりの負担を強いられるはずで、情緒も不安定になりがちです。そんなときに『ああ、精神科医がいたらなぁ』って思うかもしれません。あ、ちなみに僕、精神科医です」

言い方は嫌味ったらしいが、確かに一理ある。

愛梨が、むっつりとした顔の吉澤を肘でつつくと、観念したように俯いた。

「わかりました。しかし話をするのは我々です。助けが必要なときはこちらからお願いしますので、それまでは口出し無用です。よろしいですか」

「もちろんです」

渋谷は口にチャックをする仕草をして見せたが、吉澤はそっぽを向いていて、その抜けた顔は愛理が受け止めるしかなかった。

相野の自宅は佃島のタワーマンションの四十階にあった。妻の百合子(ゆりこ)は三十九歳。五歳の長男と暮らす専業主婦ということだった。

交通事故にしろ、殺人にしろ、残された家族の元を訪れるのは心が重い。我々が名前を知ったとき、その人物はすでにこの世の中におらず、悲しみだけが置かれているのだ。その負の感情の中に飛び込まなければならない。刑事として遺族の前に立つ時、自分の存在はその悲しみを増幅させているような気になってしまう。

しかし慮(おもんぱか)ってばかりいることもできない。

我々より以前に、すでに何組かの刑事が来ているはずだが、特に捜査初期段階において状況は刻々と変わるし、遺族の意識や記憶もまた変わるため、その都度、話を聞かなければならないのだ。

吉澤の口癖である『情報はナマモノ』ということを考えると、その時でしか得られない情報があるのであれば、たとえ憎まれてでも話を聞くべきなのである。それができるのは、刑事しかない。

訃報(ふほう)を聞いて集まったのだろう。インターフォンで対応したのも、玄関のドアを開けてくれたのも、百合子の叔母にあたる者だと名乗った。

玄関ホールはワンルームマンションに住む愛梨から見れば広大なもので、正面の壁には草間彌生(くさまやよい)の代表的なモチーフである『南瓜(かぼちゃ)』が飾られていた。

出されたスリッパに履き替えて奥の部屋に向かう際にちらりと見た。シルクスクリーンにあるはずのシリアルナンバーがない。

「原画ですね」

渋谷がポソリと言った。

ならば、五百万円以上か……。

元旦那(だんな)が、自称とはいえ絵描(えか)きだと、そんなところまで頭が回ってしまう。そういえば、原画だと見抜いた渋谷も絵心があるのだろうか。だとしたら、渋谷を見ていてイラつく理由もわかるというものだ。

愛梨にとって、画家という人種は天敵なのだ。

自宅のワンルームマンションには存在しえない長い廊下を進み、リビングに通された。天井から床まである大きな窓のおかげで照明は必要ないほどに明るい。窓の外には東京の大パノラマが広がっていて、都会にぽっかりと穴を空けたような皇居の緑と、その先に新宿のビル群が見えた。

見紛(みまが)う事のない鮮やかな夏の空だったが、それすら色あせてしまいそうなのは、ホワイトレンガ調の壁の前に据えられたブラウンレザーのソファーに座る、百合子の存在にあった。

黒いストレートヘアは、うつむいているために顔を隠すベールのようだった。こういう状況でも来客があるためか、身なりはきちんと整えていて、薄水色のワンピースに黒いベルトが細い腰の位置を示していた。

奥の部屋からは子供たちの声が聞こえた。どうやらテレビゲームをしているようだ。きっと親戚の子らが相手をしてくれているのだろう。

「奥様、こんなときに申し訳ありません。警視庁捜査一課の吉澤です」

「同じく、青山です」

「相武医大精神科医の渋谷です。本件の捜査協力をしております」

気丈に頭を下げる百合子だったが、立ち上がろうとしたものの、その半ばで再び腰を下ろしてしまい、そのことに対してまた頭を下げた。

顔色を見る限り、随分と憔悴しているようだ。

吉澤が切り出した。

「大変恐縮ですが、犯人逮捕のため、どうかご協力をお願いいたします」

百合子が頷くのを待ってから、質問を続けた。

「まず、ご主人が使っていらっしゃった携帯電話ですが、こちらにございますか?」

「はい。あ、でも二台使っていたうちの一台しか見当たりません」

ということは、やはり外出時には他方の携帯電話を持っていたのだろう。犯人はそれを奪った。

「念のため、両方の電話番号を伺ってもよろしいですか」

愛梨は横でメモに書きとる。

「何度もお伺いしているかと思いますが、最近、ご主人に気になったことなどありませんでしたか。ふだんと違うようなこと、なんでも構いません」

「……いえ、特になかったかと」

「それでは……端的にお伺いしますが、ご主人が何者かに狙われるようなお心当たりはなかったでしょうか」

狙われる、という言葉に百合子はわずかに身体を震えさせたが、やはり首を横に振り、その長い黒髪が艶やかに揺れた。彼女の夫は、この髪が好きだったのではないだろうか。愛梨はほんの二日前まで存在していたこの家族の日常を想像して、目頭が熱くなるのを感じた。

「最近、仕事が忙しいとは言っていましたが……。でも、それは以前からもそうでしたし」

「お酒の量はどうでしょうか。飲まれて帰宅される回数が増えたとかありませんか」

百合子が質問の意図を確かめるような顔をした。

「残念ながら、いまのところ犯人に関して有益な情報は入ってきておりません。そのためにいろんな角度から事件を見る必要があります」

殺人捜査とは、死んだ他人のことを、生きている人の証言や生前の行いなどを組み合わせて形にする作業だ。今回のような場合、なにが原因になったのかわからないため、あらゆる方向から人物を描き出す必要がある。

実際、殺人事件は、金か愛情のもつれが引き金になることが多いのだ。辛(つら)いが、聞かないわけにはいかない。

「交友関係はどのくらい把握されていますか？」

あえて感情は出していないのだろう。吉澤のやや事務的な言葉に、やはり百合子の表情は曇った。

「女性関係、ということですか。そうですね……」

それでも気丈に答えようとしていたが、言葉に詰まり、つぎにポロポロと涙がこぼれはじめた。それは本人にも意外だったようだ。涙が手の甲に落ちたことに驚きすらしていた。

それが悲しみを汲(く)み出す呼び水となったのか、言葉を失い、顔を伏せ、肩を震わせながら嗚咽(おえつ)した。

「どうしよう……これから、どうしよう……。しっかりしなきゃいけないのに……」

彼女や、残された子供は、これからも人生は続く。いまの百合子にとって、そのことが犯人に対する怒りを超えている。

集まっていた親類たちの非難の視線が集まり、愛梨もいたたまれなくなってきた。

こんなときこそ、人が殺されてしか動けない捜査一課刑事の無力感に押しつぶされそうになる。一刻も早い犯人逮捕が全てだと思って動いているが、この瞬間、遺族に対してそれは、一体どれほどの意味があるものなのだろうか。

「しっかりなんて、しなくていいんですよ」

はっと顔を上げると、渋谷が百合子の横で膝をつき、彼女の手を取っていた。

「あなたのことを心配してくれるひとがたくさんいる」

そう言って周囲を見渡した。ひとりの女性が駆け寄ると、百合子の隣に座って肩を抱いた。

「がんばらなきゃならない時は、いずれやってきます。それは大変です。でも、その時までは頼ってください。いまから受けるご恩は、いつか別のかたちで返せばいい」

そうよ、そうよ、と声が集まる。

「僕もそのなかのひとりにいれておいてください」

名刺をテーブルの上に置いた。

「診察料は心配しないで。この人たちに請求するので」

と愛梨を見る。

百合子の表情は、夫を亡くした悲しみだけでなく、ひとりではないことに気づけた喜び、そして決意と、様々な感情が入り混じっていた。

愛梨は立ち上がると、背筋を伸ばしたまま腰を折った。

「私は、必ず犯人を逮捕します。悲しまれたみなさんが、すこしでも早く一歩を踏み出せるように。こんな時に失礼しました。でもなんでも構いません。気づかれたことがあったら、こちらに」

渋谷の名刺の隣に、自らの名刺を並べて置いた。

百合子が頭を下げるのを見て、愛梨はさらに頭を下げた。


「渋谷先生、ありがとうございました」

マンションを出て、川沿いに石川島公園を歩いていた。三角州の突端にあたるところで、上流側に目をやると、隅田川にかかる永代橋、その先にスカイツリーがあった。

「それぞれの役割を果たそうとしただけですよ」

渋谷が背伸びをしながら、事も無げに笑みを向けた。

その時、吉澤が胸ポケットから携帯電話を引っ張りだした。

「はいはい、お疲れさま。ええ、一緒におりますよ。はぁはぁ。え？　これから？　了解、すぐに戻ります」

吉澤がやや緊張した面持ちを見せた。

「捜査本部からだ。招集がかかった。すぐに月島署に戻ってこいと」

「なにかあったんですか？」

「進展があったみたいだね。詳細はわからないけど」

方々に散っている捜査員を一斉に戻らせるとは、ただ事ではない。犯人らしき人物が防犯カメラに捉えられたか、それとも自首してきたか……。いずれにしても、今後の捜査方針を大きく変える必要があるということなのだろう。

愛梨たちはタクシーをひろい、月島署に向かった。渋滞もなく、十分ほどで到着した。

講堂に入ると、すでに多くの刑事たちが戻っていた。急に集められたことに対する憶測や情報交換などがあちらこちらで行われており、それが大きなうねりとなって反響していた。

それがぴたりと止まる。幹部たちが入室してきたからだ。

ただ、いつものメンツとも違っていた。

まずは刑事部長の存在。捜査本部の責任者ではあるが、現場に顔を出すということは、よほどの大事件でなければ、稀だ。その隣は福川捜査一課長。その隣は……何処かで見た。

「高田二課長だ」

吉澤が言って、愛梨は頷く。

殺人事件などの強行犯を捜査する捜査一課に対し、捜査二課は贈収賄や詐欺などの知能犯を担当しており、その両方が同時に発生すれば合同で捜査に当たることもある。

高田の隣にいる就活生のような雰囲気の男は知っている。同じく捜査二課の木村で、係長の職にあるはずだ。愛梨と同世代だが、あちらはキャリアなので階級はすでに別世界だ。

しかし、なぜ捜査二課が？

野田管理官は、おもむろに立ち上がると、鋭い視線だけで皆を黙らせた。

「現在、捜査二課はある政治家を収賄の疑いで捜査中である。市川茂参議院議員だ。一部マスコミで疑惑が報じられ、次の国会で追及されるのではないかと言われているため、知っている者もいると思う」

いきなり国会議員の話が出てきて、愛梨は眉をひそめた。

「捜査二課は以前から水面下で捜査を続けており、ある事業において便宜を図ったとの疑いを持つに至っていた。その便宜を図った相手が、被害者である相野さんだった」

理解する時間が必要だったのか、しばらくは静寂が続いたが、それから一気にざわつきが広がった。

やはり、単なる通り魔事件ではなかったのだ。携帯電話が奪われたことも併せて考えると、殺意の背後には大きなものが隠れている。

野田はざわつく講堂をしばらく静観していた。自身の細胞たる各刑事に、その意味が染み込むのを待っているようでもあった。

やがて、話の続きが気になった者から視線を野田に置き、口をつぐみはじめた。

「まず両者の関係について。いわゆる竹馬の友というやつだ。京都で生まれ育ち、親が懇意だったこともあり子供の頃から同じ進学コースを辿っている。大学を卒業してからは進む道が分かれているが、連絡はとりあっていたようだ」

つまり、両者は共犯関係にあった？

高田二課長があとを引き継いだ。

「相野は経営コンサルタントで、多くの企業の業績を立て直した経歴を持っています。しかしながら、その中には公共事業の不正受注が含まれている可能性があり、捜査二課は摘発に向けて捜査していました」

インテリ然とした物言いだった。

「ちなみにこの市川ですが、体調不良を理由に先週から入院しています。江戸川区平井のリバーサイドクリニック。ホテル並みの設備とプライバシー保護をうたったＶＩＰルームだそうです」

追及を逃れるための仮病だろ、と声が上がる。

「捜査二課としては容疑が固まるまで泳がせたかったのですが、殺人事件の被害者の友人となると被害者の身辺を捜査する上で市川議員からの聴取は欠かせないものになるため、捜査一課と情報を共有しながら捜査をすることになったというわけです」

ふたたび野田に代わる。

「相手は現職議員ということもあるため、聴取は一課長より行っていただくことになっている」

一介の刑事がノコノコ出向いて耳を貸してくれるような人種ではないということか。また、二課の捜査に支障を来すわけにはいかないため、二課としてもそれなりの責任者に対応して欲しいということなのだろう。

「あっ！」

隣の吉澤がいきなり頓狂な声を上げ、愛梨は腰を浮かせた。

「吉澤警部、なにか？」

野田の声が飛んでくる。

「こ、これ。似顔絵なんですが、市川議員に似ていませんか」

えっ、マジで?!

愛梨は慌てて似顔絵を覗き込んだ。確かに似ている。道理でどこかで見たことがあると思ったわけだ。

しかし大変なことになった。相野が刺された現場近くで目撃された男が市川だったということは、現時点では唯一の重要参考人ということにならないか……。

「どうですか」

野田は隣席の高田二課長に似顔絵を見せて同意を得ると、あくまで冷静な視線を皆に送る。

「聞いてくれ。いまの段階では、まだなにもわかっていない。浮つかないように留意してほしい」

愛梨は正面を向いたまま、上半身を吉澤の方にわずかに傾けた。

「吉澤さん、これって、ひょっとして」

愛梨の考えを一足飛びで理解したのか、それとも吉澤本人もそう思っていたのか。納得顔で頷いた。

「いちばん極端な考えは、贈収賄の共犯関係にある市川が、相野の口を封じたってことだなぁ」

「そんなことしますかね、長年の友達でしょ」

「なにがあるかわからんよ。仲間割れしたのかもしれないし、証拠を消したかったのかもしれない」

野田が渋谷を呼んだ。

「渋谷さん、目撃証言の件はどうなっていますか」

列の一番後ろにいた渋谷が起立した。

「目撃者の成田さんには、本日午後からカウンセリングをしようとしていたところでして」

「至急お願いします。本人が、自分が見たものを信じられないとしても、状況的に重要な証言になり得ます。市川議員に目撃されていたことを追及したとしても、目撃者の症状のことが知れたら信憑性がないと指摘されるかもしれない。そのために医学的な見地から理論武装をしておきたい」

「了解しました。これが幻覚ではなかったことが証明されればいいわけですね」

「その通りです。いつわかりますか」

「成田さんの状況次第です。進捗は逐一報告いたします」

「お願いします。地取り担当は市川の特徴を念頭に、再度聞き込みに当たってくれ」

「市川が事件に関与しているとしたら……。その視点でこの事件を俯瞰し、捜査に当たれば、これまでとは違う情報が出てくるかもしれない。

しかし担当刑事にとっては苦々しい。状況的には市川は怪しいのだが、それは似顔絵が正しいことが前提になっている。成田が見たのは『幻視』だったのか否か。

そこは渋谷のカウンセリングにかかっているが、その結果、全く違う証言を引っ張り出してくる可能性すらあるのだ。

結果的に、なにを信じて捜査に当たればいいのか、その拠り所が揺らいでいるのだ。

渋谷が行うカウンセリングに、愛梨と吉澤も立ち会うことになった。渋谷曰く、精神科医が証言を誘導していないかどうかを第三者が確認することも、司法心理士によるカウンセリングの要件らしい。

「立ち会ったところでさ、うちらは心理学について所詮素人なわけ。だから簡単に言いくるめられるだろうけどね」

吉澤は相変わらずやさぐれている。

いつも、誰にたいしても朗らかに接してきた吉澤の性格を、こんなにもねじまげることができる渋谷は、ある意味すごいのかもしれない。

渋谷にそんな皮肉が通じるわけもなく、飄々と案内したのは東銀座にあるビルの一室だった。光森クリニックと表示がしてある。

「僕の知り合いでして、こちらを使わせてもらうことにしました」

カウンセリング、特に催眠誘導を行う際は、あらゆるストレスを与えたくないのだという。警察署内だとそれだけで緊張するし、成田が宿泊しているビジネスホテルは、安いだけあって少々騒がしいと判断したのだ。

「光森先生、この度は突然のお願いにも拘わらず、ありがとうございます」

初老といってもいい光森が、太鼓腹を揺らせて豪快に笑った。スキンヘッドということもあって、布袋尊のような印象を持った。

「いえいえ。お役にたてるのなら幸いですよ。どうぞお使いください」

カウンセリングルームに通されると、ホテルのラウンジを想像させるラグジュアリーな空間になっていた。

渋谷は落ち着ける空間だと言っていたが、貧乏性の愛梨は妙に落ち着けない。そういえば、渋谷と出会うきっかけとなった事件でも、こんなラグジュアリーな診療所が現場になっていた。『落ち着く』というのは彼らが相手にするお金持ちが基準なのだろうか。

ほどなくして成田もやってきたが、いつも通っている病院とは明らかに異なる雰囲気に戸惑っているようだった。

「あのう、私はなにをすればよいのでしょうか」

不安げな成田に、渋谷はいつものスマイルを向ける。

「まずはリラックスしていただいて、それから僕とお話をするだけですよ」

成田は頷いたが、拭いきれないなにかがあるのか、目が警戒の色を見せていた。心の底では渋谷に、いやひょっとしたら精神科医という存在に対して不信感をもっているのかもしれない。

その渋谷に促され、愛梨と吉澤は退出した。カウンセリングルームの隣室はずいぶんと趣が異なっていて、殺風景に感じるほどだった。

愛梨は、フェルトの擦り切れた三人掛けソファーに吉澤とともに座る。すると、光森はコーヒーをテーブルの上に置くと、自分はオフィスチェアに腰を下ろした。

「こっちは事務所としてつかっていまして。散らかっていてすいません」

「あちらのほうにもデスクがありませんでしたっけ?」

愛梨はラグジュアリーな部屋を思い出しながら言った。

さっき見たとき、アンティークで重厚な雰囲気のゴシック調のデスクがあった。さすが精神科医だ、と思ったものだったが。

「ああ、あれは一種のオブジェですよ。日常的に使ってはいません。患者さんが持つ『できる精神科医』のイメージを壊さないようにしているだけなのです」

茶目っ気のある笑いかたをする光森に、なるほど、と返しながらコーヒーに口を付ける。

「ところで、光森先生は、渋谷先生と長いお付き合いなんですか」

「とある学会で知り合いました。本来は敬遠したくなるような男なのですが、まあ、あの性格ですから。ぐいぐいと入り込んでくる」

わかる気がした。渋谷はこれまでの人生で空気を読んだことはないだろう。

「でも、医師としてはとても優秀ですよ。私もこの歳で彼から学ぶことが多々あります」

不思議だが、そう言われると誇らしい気持ちにもなる。

なぜだろう。

身内が褒められた時のよう、というよりも……自分が好きなひとが間違いではないと思えたときのような……。はぁ？

愛梨は我に返り、頭を振って雑念を払い除ける。

「あいちゃん、どうしたの？　顔、赤いよ」

「大丈夫です。ちょっと夏バテです」

ふうっと、ため息をひとつついた。

「おっと、はじまるようです」

光森が、デスクの上に置かれていた20インチほどのテレビモニターをこちらに向けた。

画面にはカウンセリングルームの様子が映っている。やや上から俯瞰するようなアングルで、渋谷の背中と、大きくリクライニングされたソファーにからだをあずけている成田が見えた。

「あれは？」

「催眠誘導にはいるところですね。事件当日の記憶を語ってもらうことで、なにがあったのかを確認するのでしょう」

「覚醒と睡眠……間でしたっけ？」

「そうです、そうです。覚醒状態では様々な思考が記憶を制御しています。常識や思い込み。辛い思い出を封じ込めちゃったりしてね。だからフィルターをかけられるまえの素の情報を得ようとするものです。なにかの精神的な障害が記憶を妨げている場合は有効ですね」

以前、渋谷が例えたのは卵だった。黄身にあたる潜在意識の周りを包んでいるのが、自我意識で、世間体や既成概念、エゴ、道徳心など、他人と協調し、人間社会で暮らすためには必要なものだ。反面、そのために本心を語れないことがある。

それらを解き、潜在意識と直接対話をする方法が催眠誘導だ。

「トラウマなどがあると、無意識に記憶に蓋をしてしまうということでしたよね」

光森は感心するような目を向けた。

「よく勉強されていますね。本人が無意識に思い出すことを拒否することがあります。催眠誘導なら、それらに邪魔されない。渋谷先生は催眠誘導の第一人者ですから――あれ、でもちょっとてこずっているのかな」

モニターに目を戻した。

10、9、8、7……。

渋谷はカウントダウンをしているが、成田の様子をうかがって、またやり直す。

10、9、8……。

「どうやら、成田さんがまだ渋谷先生に心を開いていないようです」

光森が解説すると、それまで静かにしていた吉澤が割り込んでくる。

「それは、警戒されているということですか？」

どこか嬉しそうなのは、気のせいなどではないだろう。自身が唱える渋谷の胡散臭さが証明されたと言わんばかりだ。

「そうですね……、どこか成田さんは精神科医に対して警戒心を持っているような印象があります」

「それは、そう思わせてしまう出来事が過去にあったということでしょうか。かつての治療でなにかあったとか」

「なんともいえません。治療の過程において精神的な負担を感じてしまった可能性は否めませんが、成田さんはレビー小体型認知症だと伺っています。担当医は精神科医じゃないと思うのですが。いずれにしろ、本人の意思で催眠誘導を拒んでいるような感じがします」

モニターの中の渋谷は、いまは成田と雑談をしている。

「会話を通して信頼関係を構築しています。どちらが上とか下とかじゃなく、パートナーであることを無意識の領域に訴えかけています。行動を決める動機の90％は無意識だと言われるくらいですから」

「それは洗脳ですか」

こら吉澤。また、そんなこと言う。

だが光森はすんなり頷いた。

「結果的にひとをコントロールしようとする行為ですから、そう思われても仕方がありません。ただ、決定的な違いがあります」

愛梨は頷いた。

「行動の主導権がどちらにあるかですね。洗脳は洗脳する側の思想が反映されるのに対して、カウンセリングは本人の行動を妨げる障害を取り除く。この場合、行動するかどうかの主体はあくまでも本人にある」

光森がきっちり予習してきた生徒に向ける教師の目になっていた。

「その通りです」

「って、渋谷先生が」

なるほど、と光森が笑う。

「信頼関係はすぐには構築できないものです。しかし、渋谷先生は『ひとたらし』ですからね」

そうなんだよな、と思いながら愛梨はモニターに目を戻した。

それからも、渋谷は根気強く会話を続けていた。ここにきてから、すでに一時間ほど過ぎただろうか。吉澤は何度も腕時計を確認していた。他の刑事たちは暑い中、手がかりを求めて駆け回っているというのに、と忸怩(じくじ)たる想(おも)いがあるのだろう。

『では、10から逆に数えていきます。ひとつ数えるたびに、ゆっくり深呼吸をしてください』

成田はさっきよりもずいぶんと落ち着いているように見えた。渋谷がひとつ数えるたびに、まるでソファーに沈み込んでいくようだ。

3、2、1……。

最後の数字は、成田は意識できていなかったかもしれない。熟睡とは違う、催眠の状態に身を委ねていた。

『佃大橋の上で、あなたが見たひとのことを聞かせてください。いま、あなたはどこにいますか』

『……橋です』

『そこにだれかいますか？』

『こっちを見ている』

『どんなひとでしょうか』

『暗くて……よく見えないです』

『どんな格好でしょうか』

『……わかりません』

『では、なに色でしょうか』

『……灰色。でも、水を吸い込んで……黒い』

愛梨は吉澤と顔を見合わせた。

事件当夜、現場は晴れていたはずだ。水を吸い込んで、というのは返り血のことではないのか。

そのあたりを詳しく聞いて欲しかったが、渋谷は成田が話すことを優先しているようで、少しでもその兆候があったら自身は口をつぐみ、ただ耳を傾けている。

『大丈夫ですよ、思いついたまま話してください』

『髪が……綺麗な、髪……』

髪が綺麗？　犯人は長髪？　いや、少なくとも直毛で街灯の光が反射していたのなら、おかっぱ頭でもあり得る。

『それでは、その場面から、もう少しもどりましょう。あなたがそこを通りかかる、少し前に――』

『……』

『成田さん、もう一度、言ってください』

『……』

成田の顔は苦しそうに見える。渋谷は何度か彼の名前を呼んでいたが、ここでやめることにしたようだ。今度は1から10までカウントアップし、パチンと指を鳴らした。

『成田さん、わかりますか』

成田はむっくりと身体を起こし、室内を見渡す。そしてなにも言わずに立ち上がると、画面の中でドアを押した。すると愛梨の真横のドアが開いて、成田がよろめきながら飛び出てきた。さきほどまでとは違い、息遣いが荒い。

「成田さん、お疲れ様でした」

見ると、汗をびっしょりかいている。

「渋谷先生、どうしたんですか」

あとから出てきた渋谷に聞いてみたが、眉間に寄せた皺を弛緩させることなく、目で頷いた。それから成田に向きなおる。

「ご気分はどうですか」

「……帰ります」

「少し休まれたらいかがですか」

「だ、大丈夫です、では」

「では、続きはまた落ち着いてから……」

「いえ、もう勘弁してください。すいません」

それだけ言って、クリニックを出て行った。

「あら、嫌われちゃいましたかね」

吉澤が曖昧な笑みを浮かべた。

愛梨は、なおも考え込んでいる渋谷に聞いた。

「渋谷先生、なにがあったんです？」

「わかりません。催眠状態ではあったのに、なにか強い意志のようなものを感じました」

光森も頷いた。

「彼はなにかを見たことは確かなようですが、幻覚と現実の区別が深層心理でもできていないのかもしれない。しかし、どうしてその前に戻れなかったのだろう」

考え込むふたりの精神科医を邪魔しないようにしていたが、愛梨はふと気になった。

「あの、さっき、綺麗な髪とか、灰色とか言っていませんでした？」

「確かに言っていました」

「それは犯人像だと思ってもいいのでしょうか」

「その可能性はあります」

「すると、市川議員に似た人物は幻視ということになりませんか？　議員は、すくなくとも綺麗といえるような髪質ではありませんよね」

「そうですね……。確かに成田さんが目撃したという人物は似顔絵とは別の人物のことを言っている可能性は依然としてあります。ただ、触れられたくないことに、僕は触れようとしたのかもしれません。それが彼の潜在意識のなかで抵抗となったのか……」

しばらく続いた沈黙を吉澤が破った。

「ま、結局、なにひとつ分かっていないってことで。じゃ、署に戻りますか」

三人は月島署に戻る前に、蕎麦(そば)屋で遅めの昼食を取ることにした。

「ねぇ、先生。結局のところ、似顔絵の男は幻覚なのですか？」

「それをいま調べているところです」

渋谷は箸でつまみ上げた蕎麦の下七割ほどをつゆにつけ、一気に吸い込んだ。

愛梨としては、成田の証言がどうなるのか、気になって仕方がない。

「基本的なことなんですが、成田さん本人は幻覚を見ているのかそれとも現実なのか見分けがつかないってことですよね？」

「そうですね」

「じゃあですよ。逆に、成田さんが見えたものを疑う理由はなんです？」

「僕は別に疑っていませんよ。ただ確信が持てないだけです。しかし、いまのはいい質問です」

「成田さんの幻視というものを理解できていないのですが、もし見分けがつかないのなら、逆に迷うこともないのかなって。いったい、なにを根拠にして迷ってしまうのかなと」

ざるの上にはまだ蕎麦が残っていたが、渋谷は箸を置いた。

「たとえば、ここにいるはずのない人物や物を見た時。どんなにリアルでも、頭のどこかでは違和感を覚えます。そこにいるはずがないとわかりきっている場合――そうか、そうかもしれませんね」

「なんですか。勝手に納得しないでください」

「すいません。えっと、幻視というのは過去の経験や記憶が出てくることが多いのです。たとえば『象さん』と言われたら頭に象がでてきますよね？」

「ええ」

「じゃあ、オオフクロネコは？」

「ん？」

「オオフクロネコです」

大きなフクロウ？　ネコ？　いや、フクロウではなくフクロか。大袋猫――？　たぶん、フクロウみたいな目や耳、色をした猫か。

愛梨が考えていると、渋谷は口角を緩めた。

「いま頭のなかで想像しましたよね？　過去の記憶を探って、フクロウみたいなネコってなんだろうって。正解はこちらです」

渋谷のスマートフォンを覗き込んだ。そこに映されていた動物は、ネコというよりもネズミに近かった。

「オーストラリアに住んでいる、コアラやウォンバットと同じなかまです。からだに白い斑点（はんてん）があって、バンビみたいでかわいいですよね」

「かわいいですけど、これが？」

「要するに、知らないものは想像できないってことです。幻視にもさまざまありますが、成田さんが抱えている症状は、未知の世界を創り出すのではなく、過去の記憶の情報処理を間違えているだけなのです」

愛梨は合点した。

「あっ、そうか。じゃあ幻視だったとしても、成田さんは市川を見たことがあるということですね？」

「その通りです。テレビや雑誌で見ただけかもしれませんが、すくなくとも記憶にはあったことになります。佃大橋で市川議員が出てきたとしたら、連想させるきっかけがあったということになりますし、もしくは本当に見たのかもしれません」

「それじゃあ……どうするんです？」

ふたたび渋谷は蕎麦を箸でつまんだが、くっついていて解きほどくのに難儀した。やがて諦めたのか、まるごと持ち上げてつゆにつけて言った。

「市川議員が幻視だったとしたら、なにを見て連想したのか。そのきっかけがわかれば、犯人を絞り込む手がかりになります。たとえば顔に傷があるとか、刺青とか」

「なるほど。なにかを見て、過去の記憶が蘇った可能性があるわけですね。聞き込みで回るにしても、単純に『怪しい人物を見ませんでしたか』って聞くよりも、タトゥーがある男、とか言えた方がいい」

渋谷は頷いて蕎麦をすすったが、ふと視線を宙に泳がせると、ひとり語りをはじめた。

「そうか……きっかけを知るためには、成田さんのことをもっとよく知る必要がありますね。さっきの催眠誘導がうまくいかなかったのは、成田さんのことを知らなかったからだ。いままでどんな生き方をしてこられたのか、そこからはじめたほうがいいかもしれないな」

ここで、吉澤がちょっと待った、と割り込んできた。

「捜査本部では、少しでも早く情報が欲しいんです。目撃証言として採用できないならそれでもいい。いっそのこと、成田証言は気にするな、とひとこと言ってくれたほうが助かるんだけどね」

「いやあ、そうしたいのはヤマヤマなのですが、これには成田さんの人生を知ることが大事でして」

「渋谷さん、そんなこと言っているけど、本当は違うんじゃないのかな？」

「えっと？」

まるで取り調べのようだった。

「『証言を精査して有益な情報を得る』のが目的のはずなのに、先生は成田さんを研究対象にしか見ていないように思います。司法心理士とかなんとか言っているけど、結局は個人的な好奇心でしかないんじゃないの？」

「成田さんを研究対象だとは思っていませんよ」

「ほんとうに？」

渋谷が、まいったなぁ、と頭を掻いて、逃げるように蕎麦をすする様子を見ながら、吉澤は蕎麦湯を飲み干した。

夜の捜査会議で、福川捜査一課長が報告を行った。

「本日、病床の市川議員を訪ね、被害者との関係について聴取を行った」

病床、に皮肉っぽい力がこもっていたところを見ると、本人はいたって元気なのだろう。

「相野とはいまでも食事に行く仲だったようだ。最後に会ったのは一ヶ月ほど前、日本橋にある馴染みの寿司店で二時間ほど過ごしたようだ。これについては寿司店、双方の運転手に確認を取っている。それから――」

福川は傍らに置かれていた水を口に含んでから続けた。

「いま週刊誌から妙な噂を立てられているのは、相野との仲の良さを見た誰かが誤解したからであり、捜査二課がでてくるのは間違いだ、と聞いてもいないのに答えてくれた」

乾いた笑いが講堂に響く。

「ん、なんだ?」

福川の視線が愛梨の方に向けられ、周りの刑事たちも一斉に目で追う。良く見ると、視線は愛梨ではなく隣に座る渋谷に向けられていた。

「えっと、どうもすいません」

渋谷は挙手していた手を下げると、笑みを浮かべながら立ち上がった。

「渋谷先生ですか。なにか?」

この、バカ。

愛梨は保護者参観で調子に乗った我が子を見るような気持ちだった。どうか変なことを言って怒られませんように。

そう願いながら両手で顔を覆った。

「あのう、議員の様子ですが、いかがだったでしょう?」

「というと?」

「そんなに付き合いの長い友人というのは、なかなかいません。奥様よりも長い。そんな人を亡くして、市川議員がどんな精神状態だったのかと気になりまして」

「やはりショックを受けていたようだが」

そこから眉間に深い皺をつくった。

捜査一課長は管理職とはいえ、現場の叩き上げだ。刑事としての経験、知識を駆使して、市川の様子を思い出しているようだった。

「いまの入院が本当の体調不良なのかどうかはともかく、あの顔は、そうだな……失望、いや絶望といった印象だった」

「ちなみに、怒りはどうでしょう?」

「犯人に対するか? いや、むしろ」

「恐れか」

適当な言葉に思い当たったようだ。

渋谷は納得顔で頷く。

「なるほど、ありがとうございます」

「しかし、どうしてそんなことを? あなたには目撃証言の検証をお願いしていましたが?」

「はい。申し訳ありませんが、そちらはまだ確かなことを言える段階ではありません」

福川は自身の理解が正しいか確認するように尋ねる。

「成田さん本人は、市川議員と面識はないとのことでしたよね？」

「はい、そう聞いております」

「面識のない人物の似顔絵ができたというのは、その時に実際に見たからなのではないですか？」

どよめきが大きくなる。憶測が憶測を呼び、収拾がつかなくなっていく。それを福川がひとことで抑えた。

「はやまるな！」

圧を伴った声だった。

「渋谷先生、あなたは、面識はなくてもテレビや新聞で見たことがあれば、それが幻視として現れる可能性があると言われていました。しかし、ちょっと見たくらいで、詳細な似顔絵にできるほど記憶に残るものですか？」

「それは、ひとによるかと……」

渋谷は頭を掻いた。

「ただ、市川議員の地盤は京都だと聞いています。そして成田さんもおそらく関西、京都で過ごしたことがあると思うので、選挙ポスターやテレビなどで顔を見知っていた可能性はあります」

「ちょ、待って。関西出身って？」

愛梨は横から声を挟む。

「話していると、ところどころ関西のアクセントが入るんですよ。気づきませんでした？」

愛梨は首を横に振る。

「気づきませんでした」

「では、なにかをきっかけに市川議員が幻視として現れた可能性もあるということなんですね？」

「その通りです」

「だが、目撃者自身が本物か幻覚か見分けがついていないなら、本物の可能性もあるんですよね？」

「はい、常に幻覚を見ているわけではありませんので」

「しかし、先生はその意見に消極的なようだ。あなたが似顔絵の人物がいたと言い切れない理由はなんですか」

「まだ確証はないのですが……。成田さんに催眠誘導を行ったところ、気になることがありまして」

福川は無言で先を促した。

「頭髪について言及していたんです。市川議員は短髪です。わざわざ綺麗という形容詞をつけるのは不自然です」

愛梨も同意であることを、頷くことで示した。

「なにが言いたいんですか？」

「本当に見たのは、女性である可能性すらあるということなんです。しかし断定はできません」

広まるざわめきを代表するように、福川が言う。

「なぜ、女性を見て市川議員の幻覚を見るんですか？」

「それはわかりません。これまで成田さんがどんな生活をしてきたのかによると思われます」

ざわつきの内容は、否定的な声の集まりだ。できれば、市川がそこにいたという結論にみなが飛びつきたい。『贈収賄の裏で利害の不一致が起こり、殺害するに至った』と。全捜査員が同じ方向に進めたはずなのに、変な精神科医のおかげで足踏みをせねばならない。

そのストレスが、渋谷に向けられていた。

どうせ『司法心理士』という肩書きが欲しいんだろう、と。

捜査会議は解散となったが、まだほとんどの刑事は残っている。報告書を書いたり、バディ同士で今後の対応について話したりしている。

愛梨は、会議室後方にあるコーヒーマシンの前に渋谷を見つけ、背後から声をかけた。

「ねえ、ほんとはどうなんです。なにか隠しているでしょ」

「な、なにがです？」

渋谷は油断していたのか、驚きの目で振り返った。

「ほかにも言いたいことがあるんじゃないかって言ってるんです。いや、言いたくないことかも。いつも大切なことを最後まで隠すじゃないですか」

離婚してからというもの、女はバツのひとつくらいあったほうが付き合いやすいと思われるのか、男から声をかけられることが何度かあった。

そういう輩は、大抵は嘘をついている。自分も離婚した。別居して離婚調停中です。頑張っているひとを応援したい。などなど。

そんなに隙があるように見えるのか？　応援したい？　ふざけんじゃないわよ。がんばってなどいない。普通に生きているだけだ。離婚が人生においてマイナスのように言うな。

想いは様々あるが、おかげで男の嘘に敏感になった。

たとえ、ひとの心を操る精神科医であってもだ。

その経験が愛梨にささやいている。渋谷は、なにかを隠している、と。

「隠していませんって。僕は頭が悪いから、大切なことになかなか気づかないだけなんです」

嫌味にも聞こえた。

「じゃあさっきのはなによ。市川議員の様子を聞いてどうするのよ」

いつの間にかタメ口になっていたが、勢いに任せて言う。

「なにかしらの思惑があるから、あんな質問したんでしょ？」

「いろいろ見えてくるのに、関係あることかどうかがわからないんで、いろいろ聞いてしまうんです」

「で、どうなのよ。市川は口封じで相野を殺したの？」

「そんなこと……わかりませんよ」

「私が気づいていないとでも？」

「へ？　な、なんです？」

「一課長が、市川の印象を『恐れている』と表現したとき、渋谷先生の目の色が変わったもの」

「そうですか？　それって、不正が警察にばれるってことを恐れているんですか？」

「質問しているのはあたしなんですけど」

「こりゃ、失敬」

ここで愛梨は言葉を飲みこんだ。

福川と野田がすぐ近くにいたのに気付いたからだ。ふたりの表情から、いままでの会話は聞かれていたようだ。

愛梨は背筋を伸ばした。

「失礼しました」

「いや、構わん。やはり、君たちは興味深いコンビだな」

渋谷が満面の笑みで頭を下げる。

「いやー、恐縮です。どうもありがとうございます」

いや、別に褒めていないだろう。

「ちょっと話せるか」

「もちろん」

じゃあ、とその場を去りかけた渋谷の背中に福川が声をかけた。

「ああ、渋谷先生。あなたもぜひ」

去りかけていた渋谷は呼び止められて腰を折る。時代劇などで見る、商人が「へえ」とへりくだっているような仕草だった。

「さっきの話だが、どうにも気になってね」

「すいません、先生が余計なことを言ってしまって」

愛梨は保護者のように渋谷の袖をひっぱる。ほら、お前も謝れ、と。

「いや、市川議員と話した時のことを思い出してみると、やはり思うんだ。あれは『怯え』ていたんだってな。もちろんおれは精神科医じゃないからひとの心はわからないが」

渋谷が細めた目を福川に合わせた。

「それは刑事の勘というやつですね」

すかさず愛梨は反応する。

「先生は勘なんて非科学的なことは信じないでしょう？」

「そんなことありませんよ。勘と当てずっぽうは違います」

当てずっぽう、のくだりで愛梨を意味ありげに見やった気がしたが気のせいか。

「論理的に説明できないだけで、経験に裏打ちされているというのは根拠になり得ますよ。それに青山さんと一課長とでは勘の質が違う」

「ああ？」

喉元で抑えきれなかった喧嘩腰の声が飛び出したところで、待て待て、と一課長が止めに入る。

「で、先生。どうとらえればいいんです？　怯え、というのは」

「そうですね、基本的に『怯える』のは自分にとってよくないことが起こっていて、かつそれが自分ではコントロールできない事態であり、さらにそれが自分にとって脅威になっている状況に置かれている、と思われます」

「なにかを失うとか……、危難にあうとか？」

「はい。そしてそれは現在も進行中である場合ですね」

「なるほどね」

福川は野田と頷きあった。

「こんどはあなたにも一緒に来てもらった方がいいかもしれないな」

「一緒にって、どこにですか？」

「市川議員のところですよ。私はひとの顔をみて感情を読み取るなんてことはできないだろうから」

「そんなことはないでしょうが、もし必要でしたらいつでも参ります」

愛梨は会話の切れ目を見逃さずに言った。

「あのう」

「なんだ」

「一課長は、市川議員が相野殺害に関与しているとお考えなのでしょうか」

「市川と被害者が不正を行っていたのかどうか、そして殺意を抱くような状況だったかは二課の捜査を待たなければならないだろうが、いまはあらゆる可能性を否定する材料がない。ちなみに市川はずっと病院に閉じこもっているし、出入口はマスコミが張っている。そんななか抜け出して佃に行けるものなのかどうか。まあ、やりようはあるんだろうがな」

今度は野田が聞いた。

「だが先生。あの場にいたのが女というのは初耳ですよ」

「あたしもです」

これは愛梨だ。

「すいません、自分でも考えがまとまっていないのに言ってしまって」

野田は銀縁眼鏡を取ると、目頭を軽くつまんでから聞いた。

「その場合、私の理解が正しければ、成田さんは髪の綺麗な女を見て市川議員の幻覚を見たということになりますか」

「そのとおりです」

「では市川と関係のある人物とみていいんですか？」

「必ずしもそうとはいえませんが、成田さんから見たら、そうですね」

市川の刺客か？　髪の綺麗な女の……暗殺者？

愛梨は浮かんだ妄想を振り払って考える。

成田が見たという人物は――市川本人、または市川を想起させる特徴を持った人物。その中には『綺麗な髪』の人物がいる。

現実的に考えると、いつも市川と一緒にいる人物で、それを面識のない成田でも知っている。ということは……。

「市川の秘書とか？」

政治家が困ると当てにされるのはいつも秘書だ。

「それは、あるかもしれないですね」

渋谷の同意に福川の眉根が寄る。

「確認ですが、髪の綺麗な人物は、市川本人ではない」

「はい、特徴が異なります」

「それは女ですか」

「そこはまだ想像の段階です。ただ、男が男に対して言うセリフではない気がします。残念ながら、催眠誘導では、そこまでの情報は得られませんでした」

「じゃあ、その催眠誘導をもう一回やってみたらどうなんです。今度は最後まで」

「それが、本人が嫌がっておりまして。すいません」

「ならば、強面(こわもて)の刑事を二、三人差し向けて、任意同行を迫るか？」

「いえ、無理にやっても成功はしないでしょう。カウンセリングは信頼関係がベースになりますから」

そこに、ゲリラ豪雨にやられたのか、全身びしょ濡(ぬ)れの刑事が二名、入室してきた。そのまま福川の元に来ると、報告の許可を求めた。

「なにかわかったか」

「はい。相野名義の携帯電話、これは紛失しているというものですが、これから市川に発信した履歴が確認されました。ただし、相野が殺害された翌日なのです」

やはり、携帯電話を持ち去っていたのか。

福川が厳しさを示した表情でいう。

「しかし市川はそんな事はひとことも言っていなかったな……」

ここで渋谷を見やった。渋谷もゆっくりと頷き返す。

死者の携帯電話からの着信。これが、福川が感じ取った、市川の『恐れ』ではないのか。

つまり、市川も狙(ねら)われている？

「よし、明日の朝イチで再度、聴取に行ってくる」

よろしくお願いいたします、と頭を下げる野田に頷いたあと、福川は渋谷を向いた。

「先生、あなたは市川議員の表情を読めますか」

「程度の差こそあれ、心にやましい事があれば、それなりの反応が出ます。表情や仕草、視線の動かし方などにです」

「われわれは二つの可能性を想定していました。『市川が相野を殺害した』『市川本人ではなく、彼を想起させるような人物がいた』。しかし、相野の携帯電話で市川に連絡をとった者がいる。現状、この人物が犯人と思われる。つまり両者の関係を知る第三者がふたりを狙った可能性も出てきた。そうですよね？」

聞かれた渋谷は小さく頷いた。

「その通りです」

「先生、いまある可能性をひとつでも減らしたい。それを助けてほしい」

愛梨は申し訳なさそうな顔で話に割り込んだ。

「一課長、この男、意味ありげなことを言うくせに、自分の考えは言わないんです。可能性が減るどころか、逆に増えてしまいます」

「なんだ、能力に不満があるのか？　以前はコンビで謎(なぞ)を解明したろ？」

「そうなんですが……」

それ以外にも、一課長に失礼なことを言わないか心配だ。

「ひどいなあ」

呑気に笑う渋谷を睨む。

「だって、本当に空気を読まないじゃないですか。成田さんにも嫌われるし」

「それとこれとは」

「だいたい先生は、人の頭の中を遠慮なく覗き込むのに、自分は見せない。要するにズルいんです」

福川は野田と苦笑を交わした。

「適材適所だ。先生、お願いできますか」

「もちろんです」

その笑顔が一番怪しい、と愛梨は思う。

渋谷は、翌日の昼に市川の聴取に同行することになり、その日は上がりとなった。

月島署を出て、近くのバス停に向かう。今日はまだ夜九時を過ぎていない。いずれ帰れない日が続くかもしれない。休めるうちに休んでおくのが刑事の鉄則だ。

ほどなく東京駅丸の内南口行きのバスが来た。愛梨の自宅は日比谷線の入谷駅が最寄りなので、途中の築地三丁目で下車して地下鉄に乗り換えるのが一番早い。

「お疲れ様でした」

背後の吉澤と渋谷に声をかけようとしたが、ふたりとも当然のように乗り込んできた。

車内はガラガラで、愛梨は一番後ろの五人掛けシートの窓際に座った。吉澤が反対の窓側、渋谷が中央と、三人が等間隔で座る。疲れているのか、ふたりとも無言で正面を眺めていたので、愛梨も、ぼんやりと車窓を眺めて過ごした。

しかしなにも話さないのも居心地が悪くなり、愛梨は渋谷に声をかけた。

「渋谷先生、そういえば、いまどこに住んでいるんです？」

「まだ住処（すみか）が決まらないので、以前と同じ恵比寿（えびす）のホテルに泊まっています」

「じゃあ、同じ日比谷線だけど逆方向ですね」

「ですね。ちなみに、乗り換えは築地がいいんでしょうか。このバスはこのまま日比谷まで行くみたいですけど」

「先にするか、後にするかの違いですけど、せっかく座れているので、このまま日比谷まで行くのもいいんじゃないですか」

「そうですね、そうします」

愛梨は少し前屈み（まえかが）になって、吉澤にも聞く。

「吉澤さんは次でしたっけ」

吉澤の自宅は西馬込（にしまごめ）なので、東銀座から都営浅草線に乗り換えるはずだ。しかし、元義理の父は、はにかむような表情を浮かべた。

「日比谷に寄りたくて。あいちゃんもどう？　ちょっと寄っていかない？」

「どこにですか」

「直人（なおと）のところ」

「えっ、ギャラリーですか？」

直人というのは別れた元夫のことで、ギャラリーは直人が出展している画廊だ。

「うん。今度ね、親戚の集まりがあるんだけど、あの放蕩（ほうとう）息子は電話しても出ないし、折り返しもよこさないから」

「いや、私は反対方向ですし……」

まったくもって気が乗らない話だった。

「あ、それって、吉澤直人さん？」

渋谷が興味深そうに言うと、吉澤は意外そうな顔をした。

「あれ、先生はうちのバカ息子をご存じで？」

「お会いしたことはありませんけど、以前、お描きになった絵を見たことがありますよ。意味深い絵をお描きになりますね。青山さんからもご子息のことを聞きました。コンテンポラリーアートの新進気鋭だとか」

「いやいや、僕にはなんの絵なのかわかりませんよ。まったく道楽者で」

ふたりが笑い合う姿を見るのは初めてかもしれなかった。

まったく、なに意気投合してんのよ。

愛梨は絶対に帰るのだと降車ボタンを押してドアの前に立った。

しかし、このふたりがギャラリーに行ったらどうなるだろうかと考えると、どうにも落ち着かなかった。元ダンナのことなどどうでもいいが、自分のことをあることないこと言われそうで、心中穏やかでいられない。

そして、自分の知らないところで、なにかが勝手に動き始めてしまうような不安……。

これじゃ、家に帰ってもリラックスなどできない。

愛梨はため息をつくと、運転手に声をかけた。

「すいません、間違えました！」

ギャラリー内幸町のオーナー、仙波麻梨はいつもと変わらぬ笑みで迎えてくれた。年齢は三十代後半と見ているが、実際はわからない。肌は愛梨よりも滑らかで艶があるし、複雑な方程式で描かれたような髪のカーブ、高級かつ上品な白いスーツを着こなす彼女を前にすると、同じ地球上に暮らす、同じ性別の生物とは思えない。

麻梨そのものが芸術作品のようだ。

それにしても別れた元ダンナとどんな顔をして会えばいいのか。「嫌いで別れるわけじゃないので、これからも友人として」などというきれいごとではなく、「会うのはこれが最後だ」と思って離婚届に印を押した。

それでも険悪な雰囲気になるのは嫌だなと思っていたが、四年ぶりに顔を合わせた直人は「おう、ひさしぶり」と元同僚のような、あっさりとした態度だった。

ああ、こんな顔だったっけ。

短く刈った髪は剛毛で、耳を覆う髪型を好んでいる。なにかでブルース・リーの写真を見たとき、ああ、これだったかと思ったものだ。身長は変わっていないはずだが、横幅が大きくなったからか、まえよりもデカく、暑苦しく感じる。

短くともこの人物の妻であった時期が存在していたという事実を、十秒おきに自分に問い直していなければ、他人を見るような目になってしまう。

ひょっとしたら、当時からこの人との結婚に疑問を感じていて、記憶に留めることを無意識に拒否していたのではないだろうか……。

そういえば、一年くらい前に、麻梨が直人と腕を組んで歩いているのを目撃したことがあったが、あれは不釣り合いの度を超えている。付き合うと言うのなら断固反対する。それはむしろ、麻梨を汚したくないという思いだ。

あの頃よりも太くなった直人の腹を見ながら、幸せ太りは十年早い、と思う。あんたが幸せになるのは少なくともあたしのあとであるべきだ。無価値に終わったあたしの二年間は帰ってこない、その責任はお前にあるのだから。

「あら、いらっしゃい。おふたりが再会されるのは初めてじゃない？」

麻梨が言い、そこではたと気づく。

「あたし、直人さんの元嫁って話していませんでしたよね？」

麻梨と話すために何回かここを訪ねているが、直人との関係については言っていないはずだ。

すると転校してきた少女のような、遠慮がちな笑みを浮かべた。

「はじめて来たときに知ったの」

「え？　だってあの時はたまたま通りかかって、外から覗いていただけなのに」

とんでもない洞察力の持ち主ならば捜査本部にほしい。そう渋谷なんかより。

「直人さんたらね、あの時も在廊していたのよ。帰ろうとしたら、あなたがギャラリーを覗き込んでいるものだから出るに出られなくて、それで私が対応したの」

なにっ⁉

「ちょっと！　どういうことよ！」

直人は白目を剝いて口をへの字にしてみせる。『しーらねっ』を表す変顔だ。付き合い初めの頃は『あばたもえくぼ』で面白かったが、いまは殺意しか浮かばない。

「っていうか、親父、どうしたんだよ」

「どうしたもこうしたもあるか」

ここから怒濤の小言が始まった。直人はバツが悪いのか、追いたてられるかのようにギャラリーの裏にあるアトリエに吉澤とともに隠った。

「えっと、あちらの方は？」

入口にあった一枚の絵に釘付けになっている渋谷を、麻梨が目で示した。

「先生。ちょっと、先生」

なにやってんのよ。こっちの男もめんどくせぇな。

呼びかけても気付く気配がなかったので、渋谷の真横まで行く。

「渋谷先生っ！」

「あ、は、はい。はい？」

「こちら、ギャラリーオーナーの仙波さん。麻梨さん、こちらは精神科医の渋谷先生です」

自己紹介したあとに麻梨が愛梨を見る。その目を見て言いたいことがわかった。

「違います、私が病んでるとかじゃなく、捜査に協力してもらっているんです」

そうなのね、と麻梨は柔らかく笑った。

「この絵を、ずいぶん熱心にご覧になっていらっしゃいましたね。心に響きましたか」

「ええ、圧倒されました」

愛梨もその絵を見る。しかしS100号サイズ、縦横が一・六メートルもあったので、やや下がらなければならなかった。

直人によるものではない。作家名を見ると〝icco Yoshimura〟とあった。その下に『shepherd's purse』と書かれているのが、作品名のようだ。

「ねえ、愛梨さん。これ、なんの絵だと思う？」

アクリル塗料の鮮やかなブルーが右半面に大胆な空間をつくり、開放感を生み出しているが、左側は一転して繊細な筆遣いで、花や草木が複雑に絡みあっている様子を描いている。

「あ、牛……ですか？」

麻梨は頷いた。

その花や草木は遠目に見ると騙し絵のようにイメージを浮かび上がらせており、正面を向いた雄牛であることがわかる。

「これ、あのひとには描けませんね、こんな……華やかで綺麗な絵。いつも訳の分からない絵ばかりだから」

絵の具を飛び散らかせただけに見える直人の作品よりも数百倍好感が持てる。

「あらあら辛辣ね。それで、どんな印象を持った？」

「印象といわれても……綺麗な牛が青空の下を歩いている……癒し系？」

なんて幼稚な回答なのだろう。自分には芸術的センスと、それを言葉にする能力が皆無なのだ。

「それでいいのよ。見たままの素直な感想よね。作者だってね、そう見えるように色使いや筆を選んでいるんだから」

麻梨と話していると、何歩も先を行かれているような気が常にするので、どこか緊張してしまう。そして、見た目だけの作品ならば自分のギャラリーには飾らないひとだ。

「でも、綺麗な牛を描いた……だけじゃないんですよね、きっと」

「あら、だいぶわかるようになってきたわね」

麻梨は細く長い指を口元に当て、クスクスと上品に笑う。

「麻梨さんは意味深な作品しか扱わないから……。吉澤画伯みたいな」

「あらあら」

「それで、どういった意味なんですか、これ？」

すると渋谷が、はあっ、とため息をついた。

「そうか……なるほど」

「ちょっと、なんでよ！」

いつもこうだ。こと芸術にいたっては自分だけが取り残されたような気になってしまう。

「僕はなにも言ってないですよ」

「だって、意味がわかったんでしょ？」

「なるほど、って言っただけです」

麻梨が渋谷を興味深そうに覗き込んだ。

「この絵の意味がお分かりになるの？」

「いえ。僕なりの解釈ができたというだけです」

「ちょっと、なによそれ。いつもいつも！」

「そんなことをいわれても、ねぇ」

渋谷は麻梨に苦笑を向ける。

「お目が高いですね。どうですか、ご自宅に」

そうか、セールストークなんだな。

「実はまだ帰国したばかりで仮住まいの身でして。それに、本当にこの絵に共感したひとは、絵を買うほかにもできることがあるのかな、って」

麻梨は紅潮させた頰(ほお)を隠すように細い指で覆いながら、なんども頷いた。

この絵の価値に気付いてくれるひとがいるのが嬉しくてしかたがない、といった様子だった。

愛梨はますます居心地が悪くなってしまう。

「吉澤警部。そろそろ行きますよ」

声をかけながらギャラリー奥のドアを開ける。

「ああ。ごめん。こいつの性根をたたき直さないといけないから。また明日」

「そうですか、了解しました。では」

振り返ったところを直人に呼び止められる。

「なあ、愛梨」

「ちょっと、呼び捨てないでよ、偉そうに」

「わかったわかった。もう他人だから、だろ。じゃあ他人ながら聞くけど、いまはあの人と付き合ってるの？」

肩越しに渋谷を示す。

「そんなわけないだろう！」

これは吉澤だ。

まぁ、その通りなのだが、吉澤が否定する理由がわからない。

「捜査協力してくれている精神科医よ」

「へぇ、精神科医か。いままでは一番いいのを捕まえたね」

「だからぁ――」

「まぁ、ちょっと心配はしてたからさ」

あれ、上から？

「心配される覚えはありません。てかあなたはどうなのよ、あの麻梨さんと」

「尊敬できる人だよ」

「なにそのズルい言い方」

「いやほんとに。愛梨もなんとなくわかるでしょ。あのひとがただ者じゃないって」

ただ者かどうかはともかく、素敵だとは思う。これから自分がどう成長しても、ああはなれないだろう。あたしはいったいどこで間違えたのか。

「警部、ではまた明日」

大股(おおまた)で進みながら、通りすがりに渋谷の腕も摑(つか)む。

「愛梨さん、またね」

愛梨は立ち止まって、ぺこりと頭を下げる。

またね、というのはこの牛の謎について答をきかせてね、ということだ。

こんなクイズを、前にもやった。

4

朝だというのに、今日も猛暑日になるのだろうな、と予感させる息苦しい空気の中、愛梨は吉澤と共に、佃・月島を歩き回っていた。多くは近代的なマンションだが、いまでも昭和の雰囲気を色濃く残す民家も多くあり、開け放たれた窓からは甲子園中継の音声が漏れていた。

太陽は高い位置にあり、日陰は少ない。アスファルトからの照り返しもあり、聞き込みをするには最悪の環境だ。

「情報はナマモノだ。訪れる時間や天気によって得られる証言は変わる。だから、何度でも足を運ぶんだ」

吉澤の口癖だが、いまは自分を奮い立たせるために言っているような気もした。

しかし、実際、ほとんどが徒労に終わる刑事の仕事に意義を持たせる言葉だと、愛梨は思っている。

それにしても、いくら犯行時間が深夜だったとはいえ、これほどまでに証言を得られないものなのか。犯行現場は、もし完全犯罪の計画を練るとしたら絶対に選ばないような場所であり、それだけに都会の死角を見る思いだった。

この日は正午をやや過ぎる頃に一旦切り上げ、月島署に戻ることにした。市川を聴取した福川一課長と渋谷が戻ってくるからだ。

市川は、相野が殺害されたあとに彼の携帯電話からの発信を受けている。

これは犯人からだと思って間違いないだろう。それなのに、市川はそのことを言っていなかった。友人を殺害した犯人を逮捕できる重要な手がかりだと知りながら、だ。

ここにどんな意味があるのか。

いまはわからないが、捜査方針を大きく変えてしまうような気がする。

手応えのない捜査が続くと、高揚できるなにかが欲しくなるが、いまはそれが捜査のエネルギーだった。

同じ事を考える刑事たちが、またひとりふたりと戻ってきた。

そして待つこと三十分。福川捜査一課長と渋谷が捜査本部に戻ってきた。

そのころには、招集をかけたわけでもないのに、大半の捜査員たちが戻っていた。

今後の捜査を決める分水嶺にいる。そう感じていた。

「みな、集まっていたか。ならばちょうどいい。詳細は精査して夜の捜査会議で話すが、この場で一次報告をする」

市川は、相野の携帯電話からの発信を受けていたことを認めたという。そのことを隠していたのは——。

「気が動転していて、話すことを忘れていたらしい。信じるかどうかはともかくだがな」

苦笑が広がる。幼稚な嘘だからだ。

「また、通話の内容だが、無言電話だったと証言している」

そんなばかな、と誰かが言い、それに同調するような頷きが広がった。

そもそも着信を隠していたのは後ろめたいことがあるからで、どんな会話が為された（な）のかによって、市川の悪事がわかるはずだった。

例えば、市川と相野の癒着（ゆちゃく）が、なんらかの被害を生み、それが元で狙われているのではないのか。

しかし、福川の隣にいる渋谷は真顔そのものだった。

なんだ？　珍しいな。こういうときは、たいていなにかある。

彼は我々とは違う視点で事件を俯瞰している。そのため、得てして我々が気付いていないことを察知していることが多い。

それでも口にしないのだ。『まだ確信ができないので』とかなんとか言って。以前の捜査でも、ずいぶんと振り回された。

その思いが愛梨に挙手をさせていた。

「どうした、青山」

「あの、渋谷先生にお聞きしたいのですが、いまの証言をどう思われますか？」

渋谷が呪縛の解けたような顔を上げた。

「どう、とは？」

「市川議員が本当のことを言っているかどうかです。先生は人間嘘発見器として同行したんですよね？」

集まった皆の視線に押されるように、渋谷は口を開いた。

「気が動転して話すのを忘れていたというのは、おそらく嘘でしょう。しかし、内容が無言電話だったのは本当かもしれません」

「内容を隠したいだけじゃないのですか？」

あくまでも自分の意見ですが、と前置きした上で、渋谷は続けた。

「もし、後ろめたいことが双方で認識されていて、かつ要求もない場合、言葉はいりません」

「うん？」

「死者の携帯電話からかけてきているわけで、市川議員から見たら、それだけで相手が事件に関係している人物とわかります。犯人が、相野さんを殺した後になぜ自分にかけてきているのか。その理由にこころあたりがあれば言葉は要りません。つまり、その行動が示しているのは『次はお前だ』ということです」

福川も頷いた。

「おそらく、市川議員は被害者とともになんらかの犯罪に関わっており、それを知る第三者がふたりを狙ったと考えていいと思う」

今度は吉澤が起立した。

「あのう、すいません。そうだとすると、現場で市川議員を目撃したという証言はどうなりますか」

再び渋谷。

「市川議員本人または議員を想起させる特徴をもった誰かを見たということになりますが、先の無言電話の一件から、『市川議員が相野さんを殺害した』『市川議員が誰かに殺させた』などの可能性については除外してよいかと思います」

となると、これからどうする？

捜査員たちの間に混乱が広がった。

犯人についての目星は全くつかないということになる。髪がきれいな女、なのか。

「捜査方針については細部まで検討し、夜の捜査会議で発表する。以上だ」

解散の声がかかり、多くの刑事たちは再び外に出て行ったが、愛梨は過去に取ったメモを見直していた。その横で吉澤が腰を僅かに浮かせて、座っていたイスを愛梨に向けた。

「いろいろ揉めたけど、結局のところ、不正を知る第三者が犯行に及んだということになるね」

「そうですよね。でも……」

ここで言われている両者の不正は『口利き』による贈収賄だ。確かに犯罪ではあるが、命を狙われるほどのことなのだろうか。もしそうなら、それによってよほど大きな被害を被った人物が犯人ということになる。

「ま、これから出てくる情報によって、また違う見え方をするかもしれない」

愛梨はうなずくと、立ち上がってバッグにノートを押し込む。

まてよ……。

愛梨は部屋の隅で福川と話をする渋谷を見つけると、考えを整理しながら近づき、会話の隙間を狙って声をかけた。

「ちょっとすいません。先生」

「はい、なんでしょう」

「今日、市川議員に会ったとき、表情を観察したんですよね？」

「ええ、そうですけど」

「それで、一課長が言われていたように怯えていたように見えたんですか？」

「僕にもそう見えました」

渋谷はその時の様子を詳しく教えてくれた。

表面上は国会議員らしい面の皮の厚さがあり、態度も堂々としたものだったという。

「抱えている不正を暴かれないよう演じていたのでしょう。しかし、どうしてもコントロールできない器官があります」

渋谷は自らの目を指で示した。

「目の動きは脳の動き。そう言われるくらい、目というのは脳とダイレクトに繋がっているんです。その目が大きく反応したのが、発信があったことについて尋ねた時です。瞳孔が開き、小刻みに揺れ、他の質問をしている時に比べ、視線を手元に落とす時間が長かった。一課長が感じられた『怯え』というのはそういった仕草からだったのだと思います」

「相野さんが殺されて、次は自分だと思った？」

「そう。無言電話を思い出しているときは、嘘をつくゆとりはなかったのでしょう。たしかに怖いと思いますよ。殺された友人から電話がかかってくるんですから」

「ただ、なんです？」

「え？」

「渋谷先生、そうやって眉間に皺をつくって、寄り目になって一点を見つめる時って、たいていなにか隠してますよね？　話には続きがあるのに、もったいぶって言わないとき」

渋谷は額に手を置き、それからしまったとばかりに苦笑した。

「そんな癖を見られていたとは」

「こちとら、いままでなんども痛い目に遭っていますから」

渋谷は片肘をついて、目を細めた。

「それなら僕も。青山さんにもなにか考えがあるんでしょ？　そうやって突っ込むのは自分なりの考えがあって、それが正しいか確認せずにいられないから」

図星だったが、愛梨は黙って反応を待った。渋谷は三秒ほど見つめ返してきたが、やがては肩をすくめた。

「無言電話のことに話が及んだとき、議員の視線がやや左上を向きました。過去を見るサインです。だから、怯えの原因は今ではなく、過去に起こったことではないかと思いました。ここ数ヶ月というよりは、十年とか二十年とか、それくらいのスケールだと思います」

正直、そこまで考えついていなかったのだが、愛梨は大きく頷いた。

「あたしもそう思いました」

福川が感心したのか、ほう、と息を吐いた。

「あたしも別の理由があるように思えたんです。口利きしたくらいで殺されたら、日本の政治家はいなくなっちゃいますから」

吉澤が、コラコラ、なんてことを言うんだ、とあきれ顔になる。

愛梨は腕を組んで頭を後ろにのけぞらせた。天井のシミを見ながら考える。

「ただ、そうすると成田さんの証言が重要になってきますよね。犯人を見て市川議員の幻覚を見たとするなら、それはいま近くにいる人たちではなく、過去に一緒にいたひと?」

「そうですね。さらに、その人物が市川議員と関係あることを成田さんも知っている、そんな人物像になります」

「直接会ったことがない成田さんでも、市川議員の幻覚を見たということは、テレビや雑誌か……公のひと？　それとも家族かな」

渋谷が小さく咳払い（せきばらい）をして言った。

「僕は京都に鍵があると思っています。いまのところ、議員と成田さんの接点はそれだけです」

福川が組んでいた腕にさらに力を入れて、身体を締め付けた。膨大な情報処理を行っているようだ。

「成田さんが市川議員の幻覚を見たということは、成田さんがあの日見かけた人物には、市川議員を連想させる特徴があったということ。それは過去に京都で会った、または見た機会に知った可能性がある。それがなんなのかがわかれば、犯人を捜す手がかりになる
——そういうことか」

このころには、愛梨はなにをするべきか考えが固まっていた。

「一課長、京都に行かせてください。相野さんと市川議員の関係、恨みを買うようなことがなかったか、府警に確認します」

「僕も」

渋谷が手を上げた。

「幻視のきっかけを突き止めることは、犯人像に近づくことでもあります」

「なんで先生まで」

吉澤が抗議の声を上げた。

「成田さんが市川議員を想起したきっかけは、人物そのものだとは限りません。匂いなどの感覚や、発せられた声や言葉である可能性もあります。それは普通の人は見逃してしま

うような、一見すると取るに足らないことかもしれません」

福川は背もたれに身体を預けると、値踏みするような眼で三人を順番に眺めた。

「わかった、行ってこい。京都府警には話を通しておく。青山にとってはいい経験になるだろう」

「ありがとうございます」

頭を下げる愛梨の横で、吉澤が顎をさする。

「そうだなあ、午前中には入りたいから、朝七時台の新幹線に乗ろう。えっと時刻表は――」

老眼がきついのか、フォントサイズを大きめに設定したスマートフォンを遠くに構えてネット検索をはじめた。それを見て福川が暴れ馬をなだめるように小さく手を上げる。

「ああ、吉澤警部。あなたは残ってデスク要員のサポートをお願いします。若手が多く、要領を得るのに苦労しているようだ」

「あの、しかしですね。京都の人間といったら裏表があって、言葉通りにうけとったらえらいことになります。以前、京都人に褒められたと思ったらこれがまた――」

「吉澤警部。そこは専門家がいますから」

福川が苦笑しながら渋谷を指さす。

「捜査技術の伝承の件、お願いします」

「そうですよ、僕がいますから」

渋谷を睨み返す眼が、お前なぞ当てになるか、と言っている。むしろ、お前だから心配なのだ、と。

「それと渋谷先生にはお願いしたいことがある。府警本部長は『司法心理士』に興味がおありだから、軽く話をしてもらえますか」

了解です、と頭を下げると、渋谷と愛梨はその場を辞した。

「青山さん。じゃ、八時台の新幹線にしましょうか。待ち合わせはどうします？　東京駅ならやはり銀の鈴ですかね」

まるで旅行にでも行くかのような、緊張感のない顔だった。

それでも、ひとりで行くよりは心強いか。

ふと渋谷を窺（うかが）うと、スマートフォンの上で指を盛んに動かしている。時刻表でも見ているのかと思いきや、京都ラーメンのランキングを調べていた。

その抜けた顔を見て思う。

不安だ。

5

朝八時、東京駅を出た新幹線のぞみ号は、品川、そして新横浜を出ると、ビジネスマンたちでほぼ満席になった。

「新幹線って、好きなんですよね。なんか、こう、すーっと進む感じが」

「旅行じゃないんですからね。これにも税金が使われていることを忘れないでください」

「そりゃもちろん。任務は確実に遂行いたします」

小さく敬礼を返し、窓に額を当てる勢いで車窓にかぶりつく渋谷を苦々しく睨み返した。

普通は女性を窓際に座らせるものだろ。

三島を過ぎて富士山が右手に見えてきた。案の定、渋谷はスマートフォンを向け、カメラのシャッターを連打しはじめている。

「何度も言いますが、遊びじゃないんですよ」

「もちろん分かっていますよ。あっ、すいませーん」

言ってるそばから渋谷は車内販売を呼び止める。

「えー、アイスクリーム売り切れなんですか？」

無念そうな顔を愛梨に向けてくる。

「あのカチコチに硬いやつ。好きなのになあ」

実は『スジャータ』のアイスは愛梨も好きだったのだが、ここでは呆れたフリをした。共通点を持つことが、なぜかしゃくにさわるのだ。

京都駅に着いたのは十時三十分過ぎ。東京よりもさらに蒸し暑かった。

京都には修学旅行で来たくらいで、あまり思い出がない。いや、貴重な青春時代を無益な結婚生活で奪われていたので、京都に限らず旅行するヒマなんてなかったのだが。

地下鉄烏丸線に乗り換え、丸太町まで十分弱。改札をくぐり、地上に出てすぐ目に飛び込んでくる緑の壁は京都御苑のものだ。いまは、南北に千三百メートルほどつづく緑に沿って歩いている。東西には七百メートルの幅を持つというからその広大さに驚く。

シャッターを押す指が止まらない渋谷の袖を引っ張り、路地に入る。

あれが京都府警本部か、と歴史を感じさせる石造りの庁舎を見上げたが、それは京都府庁の旧館で、府警本部はその隣にあった。

歴史を感じさせるといえばそうだが、要するに古い。茶色のタイル張りの壁には蔦ではなく無秩序にパイプが這い回っていた。

そして、立哨の警察官の目が怖い。

自分の守備範囲から外れると、やはり不安になる。警察というのは組織で動く。東京にいれば警視庁は愛梨を守ってくれる存在でもある。しかし同じ警察でも、管轄を外れると相性がよくないところもある。いまはそうでもないが、かつて警視庁と神奈川県警は犬猿の仲だったというし、ここまではなれると、ノコノコやってきた小娘にどんな感情を抱かれるか分かったものではない。

下っ端のお茶くみを寄越すとは、警視庁は京都府警をナメてはりますのんですか？ そりゃ、よろしおすな。それならこっちも下っ端で対応させてもらいますよってに。

……などと思われないだろうか。

不安といえば、それを取り除くプロフェッショナルであるはずの精神科医は観光気分で頼りにならない。

愛梨はため息をついて受付に足を向ける。捜査一課の山代警部を訪ねろと言われていた。受付で用件を伝えると、しばらく待つように指示されたが、腰を降ろすところも見つからずにウロウロしていた。

その時、廊下の奥から巨大な着ぐるみが現れたのに気づかず、愛梨はぶつかってしまった。着ぐるみは補助していた人物に支えられ、なんとか踏みとどまった。

「ご、ごめんなさい」

着ぐるみは手を振って、また歩きだした。

「おー、『ポリスまろん』と『ポリスみやこ』だ」

渋谷は嬉しそうに、スマホのカメラを向ける。

「なんです、それ」

「警察官のくせに知らないんですか？　京都府警のマスコット。ポリスまろんは、平安時代の検非違使がモデルですね。そしてみやこは京娘ってところかな。警視庁でいうところのピーポくんですよ」

「精神科医のくせによく知ってますね」

渋谷は、まあね、と胸をはった。

自慢するほどのことではあるまいに。

それにしても、かなり暑いだろうな、あの中。

「お待たせしました」

振り返ると、背筋を伸ばした男と、すらりとした制服の女性が立っていた。どちらも三十代半ばか。清潔感にあふれ、きりっとした印象だった。

「お世話になります。私、警視庁捜査一課の青山……」

「渋谷先生ですね。お話は伺っております。こちらへ」

あれ、渋谷だけ？

すると、今度はやけにむさ苦しい中年男がやってきた。

「どもども、山代です。ようういらっしゃいましたな。部屋を用意しておりますよってに、さ、どうぞこちらへ」

唖然としていると、山代は顔を突き出してきた。

「青山さんでっしゃろ？」

「あ、はい、そうです」

渋谷を振り返ると、既に背を向けて反対方向へ歩き出していた。

「ちょ、渋谷先生、連絡してくださいね」

「はいはーい」

渋谷は、背を向けたまま手を振りながら扉の向こうに消えた。

「あの、山代警部。青山です。よろしくお願いいたします」

名刺を交換する。

「こちらこそ。どうぞゆっくりしはってください。警視庁さんが、あなたさんのようなお若いかたを派遣されるとは、さぞ優秀なんでしょう。なにしろ、佇(たたず)まいが大変良いですね」

愛梨はうなずきながら、吉澤が、京言葉をまともにとらえるな、と言っていたのを思い出した。

ゆっくりしていけ、ということは早く帰れという意味だろうか。

前を歩く山代は、卵形の体型をしており、身体を左右に振りながら進む。両脇(りょうわき)は身体と擦(こす)れていて、汗でワイシャツを濡らしている。ハンプティダンプティが背広を着たらこんな感じになるのだろう。

「それで、市川議員の話でしたね。相野さん、亡くならはったんですな」

「そうなんです。それで京都にいる間に、なにかトラブルがなかったかと思いまして」

山代は頷きながらエレベーターに乗り、二階を押す。捜査一課の部屋に通されるかと思っていたが、案内されたのは小さな会議室だった。

捜査一課の部屋に置いていこうと、東京ばな奈と鳩（はと）サブレーをたくさん買ってきたのだが、さてどうするべきか。

部屋の中には、若い刑事がいて、愛梨を見て頭を下げた。

「タカナシです。よろしくお願いします」

差し出された名刺には、小鳥遊（たかなし）、と書いてあった。

これでタカナシって読むんだ。挨拶のたびに言われているだろうなと思って、特に気にしたフリをせずに受け取った。

「みなさん、そんな顔をされます」

小鳥遊が苦笑した。

「あ、すいません」

むしろ、東京女は感情を出さないな、と思われたかもしれない。

「これ、小鳥が遊べるのは鷹（たか）がいないから、という意味だと聞いています」

だからタカナシなのか。

「はぁ、なるほど。粋（いき）ですね」

すると山代が笑う。

「粋は江戸文化。京は粋（すい）ですよ」

「失礼しました」

「さてさて、さっそくですが、本題に入りましょう」

それぞれがテーブルを囲んで座った。

「昨日、警視庁さんから連絡を受けましてな、その内容を見て、小鳥遊と驚いていたんですよ」

「驚く、とは？」

「とある人物から、市川がある殺人事件の犯人だとする情報提供があったからなんです」

「えっ⁈」

愛梨は息を飲み、頭の中を思考が駆け回った。

「市川は、なにかの事件の被疑者なんですか」

だとすると、京都府警はどうしてこんなに大きなことを隠していたのか。それなのに、山代の態度は、事態の意味が分かっていないかのように落ち着いている。

「まぁ、ちょっと話はややこしいんで、はじめから話しますね。まず、私らが捜査一課で担当しておりますのはコールドケースなんですわ」

「未解決事件の継続捜査、ですか」

凶悪犯罪に対する時効制度が撤廃されたいま、犯罪を追う手をゆるめることはない。しかし、時間が経つにつれて捜査の規模は小さくなる。眠った捜査に進展があるとすれば、犯人が別件で逮捕されるか、タレコミがあった時などだ。地道な聞き込みや、ビラ配りなどをすることもあるが、ほとんどは受け身であり、ほんの数人でいくつも案件を抱え、『何かが起こる』ことを待つしかできないのが現状だ。

しかし、どうして未解決事件捜査担当が？

山代が、これから説明しますよ、といった感じで椅子にのけぞる。

「実はですな、いまから二十年ほど前のことですが、深夜、比叡山近くのドライブインで若いカップルが襲われるという事件が起きたんですわ。男性は頭部を殴られながらも一命はとりとめたのですが、女性のほうは亡くならはったんです」

小鳥遊が差し出してきた資料を眺める。それによると、事件が起こったのは八月十日の夜十一時過ぎ。男性はいきなり後頭部を鈍器のようなもので殴られ、その場で意識を失う。この際、犯人は見ていない。女性も同様に鈍器のようなもので殴られているが、その損傷箇所は多く、男性よりも執拗な印象だったようだ。

金は抜き取られていたが、レイプされた形跡はなかった。

「聞き込みをしたところ、有力な情報を得ました。地元の暴走族とトラブルになったようなんです。どうやら男性の方がね、正義感の強い人で、暴走族に煽られたときに抵抗したようなんです」

「それで、逆に襲われた？」

山代は頷いた。

「あのころは暴走族同士の抗争なんかが盛んに起こっていましたし、そのドライブインを集会所に使っている連中もいましたんで」

「そこまで分かっているのに、いまだに逮捕者はでていない……？」

「ええ、そうなんですわ。決定的な証拠がないのと、目撃証言等、有益な情報が出ないいま、現在に至っております」

将来の生活を夢見ていたであろう若い男女が襲われ、女性が殺される。やりきれない事件ではあるが……。

「そのことと、市川はどう関係するのですか」

山代は、ここで両肘をテーブルに着け、前のめりになった。どこか蚊取り線香のような匂いがした。

「この事件の捜査の初期段階において、市川と相野が捜査線上に浮かんでいたんですよ」

ええっ、と愛梨は資料をめくる。しかし名前は無い。説明を求めるような目で見る。

「そのふたりは昔からの付き合いでしてね、お互いに頭は切れるのですが素行はよくなかったんですわ。市川の親父さんは地元の有力者で、顔が広い人でしたからな、典型的なわがままお坊ちゃまだったわけです」

「彼らはどうして捜査線上に？」

「被害者と揉めていたという証言を得られたからです。ところが、彼らにはアリバイがありまして。その時間、四条河原町のクラブにいるのを複数人が目撃していましてね」

「現場からそのクラブというのは遠いんでしょうか」

「そうですな、車で三十分ほどでしょうかね。いろいろと検証してみたんですが、どうしてもアリバイが崩れなくて。そのうち、被害者と暴走族が揉めていたという新たな証言を得て、本部の意見も暴走族の方に傾いていくことになったんですわ」

「なるほど……」

「当時の我々は楽観的でした。決定打を持っておったんです。それで、かならず犯人を特定できると」

「決定打、とは」

「DNAです」

山代は向かい側から手を伸ばし、検視報告書のページをひらいた。

「死亡した女性のほうですが、最後まで抵抗したようです。口元にね、血が付いていたんですよ。本人でも彼氏のものでもなかったので、犯人だろうと」

「嚙みついたんですね」

「そう思います。しかし、目星をつけた誰とも一致しなかった。それで暗礁に乗り上げたのです」

コールドケースになったのか。

「しかし、最近になって市川と相野が犯人だとする証言が新たに出たと？」

「ええ、二十年も経ってね」

愛梨は恐る恐るといった感じに伝えた。

「でも、あまり盛り上がっているようには見えませんが」

山代は小鳥遊と顔を見合わせ、不快そうにため息をついた。

「証言がもたらされたのは、いまから半年ほど前のことです。証言をしたのは重松さん。このひとです」

山代の太い人差し指が捜査資料の一点に置かれた。

「被害者ですか」

亡くなった女性と付き合っていた男のほうだ。

「ええ。後頭部を殴られておりましたんでね、当初は記憶がないと言っていたんですよ。それがいまになって市川たちが犯人だったと言いはじめたわけですよ」

「実際は見ていたということですか」

山代は首を振る。

「彼が嘘をついているとは言いたくはありません。彼の気持ちを思うとね、我々もつらい。だいいち、申し訳ない気持ちなんです。しかしなにも進展しないまま時間が過ぎた。だから二十年という節目で、藁にもすがる気持ちというか、思い込みをされるのもね、わかるというか」

小鳥遊が俯きがちに話しはじめた。

「半年ほど前だったでしょうか。急にやってきて、それからしばらくはほぼ毎日といった感じでした。すごく、こう切羽詰まった様子でした。しかし証言というのが、ただ自分は見たんだ、っていうだけで具体性に欠けていました。僕らも何とかしたい気持ちはあるのですが」

歯切れが悪かった。

無下にはできないが、かといって、ここまであらゆる可能性を徹底的に捜査してきた彼らにとっては、現実味のある話ではなかったのだろう。

「実際、重松さんは後遺症に悩まされていたそうです。そのころ病院通いだったらしいですし。それに毎日のように訴えに来ていたのに、一ヶ月ほどでぱったりと来なくなりましたので、やはり一時の感情の高まりだったのかなって、山代さんとは話していたんです」

愛梨としては胸騒ぎがする話ではあった。

進展しない捜査に業を煮やし、思い込みで、誰でもいいから復讐（ふくしゅう）を遂げたいと考えたとしてもおかしくはない。

そのターゲットに市川と相野を選んだというのは考え過ぎだろうか。

「あの、市川と相野はその頃からの知り合いだったということですが、どういった関係なのでしょうか」

「どちらかというと相野は市川の子分のような存在ですかね。いつもつるんでいましたよ」

山代の目が光る。

「なるほど。警視庁はんは相野を殺害した犯人は、次に市川を狙っている可能性が高いと。

そして、それが重松だとお考えになってはるのですか？」

愛梨は、いえいえいえ、と手と首を左右逆に振って否定する。

「まだ、そこまでは」

山代は口角を上げた。

「京都人は裏表があるとよく言われますけどね、それは東京人も同じなようですな」

愛梨は居心地が悪くなり、話題を変えた。

「ちなみに、市川の父親というのは？」

「長いこと府議の親玉だった人ですわ。引退したいまでも力を持っているくらいですからね」

「なるほど。では市川議員も京都を地盤にして政界に？」

「地盤は持っていますけど、府議を経たわけじゃないですよ。東京の有力者の秘書として修業したようですから」

「東京に進出したのはいつからです？」

「二十年前です」

「それって」

「ええ、ちょうど例の事件の後です。疑いは晴れましたが、我々もいろいろ調べましたからね。地元でのイメージを嫌って、親父が送り出したようです」

愛梨の頭の中は混乱していた。短絡的に結論に飛びついてはいけないと思うが、タイミングが合いすぎないか？　それに急に出てきた重松という男の存在が重くのしかかっている。

調べてもらうか。

「すいません、重松さんの連絡先を教えていただけませんか」

真新しいファイルが手渡された。半年前、重松に対応したときの受付カードだ。そこに、現住所と携帯電話番号があった。

「ちょっと失礼します」

愛梨は立ち上がり、窓際に移動した。立ち上がって気付いたが、背中に汗をびっしょりとかいていた。

福川の電話番号を呼び出す。なにかあったら直接連絡しろと言われていた。

『青山か。何か分かったか』

「気になる人物がいます。そちらでも調べてもらえないでしょうか」

愛梨は概要を話し、重松の連絡先を伝えた。

『なるほどな。分かった。なにか出てくるか調べる。お前は直接会って話を聞いてみてくれ』

「了解しました」

通話を終わらせ、振り返ると山代が立ち上がり、身体を反らせながら腰を叩いていた。

「話を聞いてこいってか。さっそくいかはりますか？」

話が早い。

「お願いいたします」

「お安いご用ですよ。じゃ、あとは若いふたりで。小鳥遊、よろしくな」

愛梨は小鳥遊の運転する車の助手席に座っていた。

「すいません、山代さんは、ちょっと癖が強くて」

若者らしい笑みを見せた。いつもは緊張を強いられているのだろう。

「わかります。どこでも一緒なんですね」

車は京都の中心部を抜ける。目に付く建物があると説明してくれたし、要所要所でトリビアを教えてくれるので、さながら観光タクシーのようだった。

車は国道一号線を南下していく。鴨川（かもがわ）を渡り、宇治川（うじがわ）大橋を渡る手前の側道へ入って右折。やがて、緑の向こうに赤白ストライプの煙突が見えてきた。重松の勤務先である京都市南部クリーンセンター第一工場だ。

重松の携帯電話は、電源が切れている旨のメッセージがながれるだけだったので、勤務先に向かうことにしたのだ。

「え、お辞めになった？　それはいつですか？」

対応してくれた重松の上司だった男が、私も困ってるんですよ、と後ろ頭を掻きながら言った。

「つい先週のことですよ。朝に電話をしてきまして、電話に出た受付の者に辞めるとだけ言って切ったそうです。それからは折り返してもつながらなくて、困っていたところです」

「先週のいつでしょうか」

「ああ、ええっとね……火曜日だったかな」

となると、相野が殺される四日前だ。近いな……。

「お辞めになった理由にお心あたりとかはありませんか」

「いえ、それがまったく」

重松のロッカーは既に綺麗になっていたという。誰にも言わずとも、本人の中では、退職することは既定路線だったのだろう。

「重松さんと仲が良かった方はいらっしゃらないでしょうか」

「いやあ、寡黙な男でね、人付き合いは良いとは言えなかったかなあ」

一番一緒に過ごしていたのは同じ班の人間だろうと、ふたりの男を紹介された。

「彼は普段から暗い男で、進んでコミュニケーションをとるような人物ではなかったですよ」

女の刑事が珍しいのか、ちらちらと愛梨を眺めている。

「仕事終わりに一緒に飲みに行くなんてことは？」

「なーいなーい！」

ふたりは口と手を揃えて否定した。

勤続十年。無口で真面目。それが重松の評価の全てだった。

「ちなみに、最近、変わったことなんかはなかったでしょうか」

「あっ、このまえルートを回っていたとき、頭を抱えていたことがあったよな？」

「お、あったな。頭痛薬飲むか、って聞いたんだけど、首を振るだけで。結局その日は使い物にならなくてまいったよな」

頭を……。それは後遺症だろうか。

「他にはいかがでしょう」

同僚のふたりは自身のつま先に視線を落とし、黙りこんでしまった。

そんなものなのか？　一日になん時間も一緒に過ごしておきながら、話すべきことが見つからないくらい存在が希薄な人物なのか？

「本当に、なんでもいいんですが」

すると、片方がハッと視線を上げた。

「なんかさ、運動神経はよかったよね」

「あ、そうそう。特に足が速かったな。若い者でもついてけなかったもんな」

それは社員や家族を集めた運動会だったという。

「重松さんご自身は、どなたか応援に来られていたのでしょうか」

「いやあ、プライベートのことはなにも言わなかったからな。付き合っていた女がいたかどうかも聞いたことがない。そもそも、そんな話にならないんだよなあ」

家族が集まり、和気藹々とした雰囲気の中、重松自身は誰の声援を受けるわけでもなかった。

彼は孤独を好む人物だったのだろうか。いや。愛する女性を失ってもなお、一途に思い続けているのではないだろうか。

彼が駆け抜けたのは、あるべき声援がない、その悲しみに追いつかれないようにするためだったのかもしれない。

携帯電話のバイブレーションが胸の内ポケットで震えた。ディスプレイには捜査本部の電話番号が表示されている。通話ボタンを押すと、福川の声が挨拶なしに飛び込んできた。

『おい、重松と会えたか』

切羽詰まった声色だった。

「いえ。それが、連絡が取れません。いまは勤務先を訪ねているのですが、急に退職しており、現在の居場所は不明です」

『そうか、実はな』

福川は、それは予想通りだと言わんばかりに話し始めた。

『重松の携帯電話を追跡したところ、事件当時、月島駅近くの基地局で微弱電波をキャッチしていることが確認された』

「えっ、東京で……」

愛梨は息を飲んだ。

携帯電話は使用していなくても微弱な電波を発信しており、街中のビルや電柱に設置してある基地局と通信をしている。移動してもその都度最寄りの基地局に接続しなおすので、この時の記録を調べれば、おおよその位置がわかるのだ。

犯行時間、犯行現場の近くで重松の携帯電話の電波をとらえた記録が残っているという。

もっとも、確認されたのはあくまでも『携帯電話』の位置であって重松本人ではないのだが、それ以外の可能性を考えるのは無駄に思えるほど、嫌な予感が一気に集約していく。

「やはり、重松が相野を？　二十年前の復讐で」

『すくなくとも、あらたな可能性として浮上した。青山、すぐに戻ってこい。遅くなってもいい。いちど顔を出してくれ』

「了解しました」

不穏な顔で待っていた小鳥遊に要約して話してやった。

「そんな……」

小鳥遊は途中で言葉を飲み込むと、まるで自分が犯罪を防げなかったと責めるように足を強く踏んだ。

サイレンを鳴らし、緊急走行で府警本部に戻る。その車内では、お互いに無口だった。

それぞれの立場で、ことの重要性が心に重くのしかかっていた。

府警本部に戻り、食堂で遅めの昼食を取っていた山代に報告すると、机を思い切り叩き、周囲を静まり返らせた。

「くそが！」

「まだなにもわかっていません。いまわかっているのは重松の携帯電話の通信記録が確認されたということだけです」

「だが殺人事件現場だろ？　ほかにどう捉えればいいんだ。携帯電話に足が生えてひとりで歩いて行ったってのかい」

それきり黙り込んでしまったが、刑事としてその気持ちは分かった。

重松が来た時になにかできることはなかったのか。未来の犯罪を、自分は見逃してしまったのではないか。

山代の目が、そう言っていた。

「警部、私はこれから警視庁に戻りますが、なにか進展がありましたら、すぐにお知らせします」

「わかった。おれたちは過去の捜査資料を倉庫から全て引っ張り出して見直す」

山代は立ち上がり、小鳥遊に頷いた。

そこに場違いなほどに口角を緩めた渋谷が来た。

「あー、いたいた。探しましたよ。本部長に八ツ橋をやまほどいただきました」

両手の紙袋を掲げてみせた。渋谷が雰囲気の違いに気付くまできっかり一分かかった。

「どうか、しました？」

愛梨は捲し立てたいのをおさえながら、要点をかいつまんで話してやった。話が進むごとに、さすがに真顔になっていく。

「というわけで、すぐにもどりますよ」

渋谷は眉間に皺を寄せ、口を半開きのままなにやら考えている。

「渋谷先生？」

「あのっ」

急にスイッチが入ったかのように顔を上げた。

「その重松さんという方、通院をしていらしたんですか？」

戸惑いの目を小鳥遊と交わした後、山代はうなずく。

「ああ、そう聞いている」

「そう聞いたのは半年前ということですね？」

「そうだな」

その声は訝しんでいることを隠さない。

再び考え込んでしまった渋谷に、愛梨は目覚まし時計のような、鋭い口調で言った。

「渋谷先生！　これからすぐに戻りますよ！」

渋谷はゆっくりと愛梨に顔を向ける。その特徴的なくっきりとした目が小刻みに揺れていた。

こんな時の渋谷は、脳内でコンピューターのように演算を繰り返している。そして、たいていは、このあとろくでもないことを言うのだ。

「青山さん、僕は残ります。もうちょっと調べたいことがあるので」

ほら、でた。

「状況が変わりました。至急戻ります」

「いや、ちょっと」

「は？　なにやるつもりなんです」

「ちょっと失礼します」

そういうと、背を向け、電話をかけ始めた。

「もしもし、成田さんですか。渋谷です」

相手は成田のようだ。考えごとをするように、一歩一歩遠ざかりながらひとしきり話して、電話を終えた。その時、自分が思っていたよりも遠くに行ってしまったようで、慌てて戻ってきた。

「やっぱり行きたいところがあるので、青山さんは先にお帰りください」

「それって、結局のところ、渋谷先生は自分の研究だけに興味があるんでしょ？　はじめからそうだったものね」

愛梨の声は震えていた。

「そんなことありませんよ」

「とにかく、私は戻ります。渋谷先生は勝手にしてください。ちなみに、宿泊費は出ませんからね」

それだけ言うと、愛梨は部屋を出た。

まったく、どういう状況かわかっていない。

すると背後から後を追ってくる足音があった。さすがに空気を読んで気が変わったのか。

しかし、振り返った愛梨の目の前にいたのは小鳥遊だった。

「京都駅まで送ります」

その決意めいた眼差し（まなざ）しを見て、やはり信用できるのは同じ刑事だと思った。純粋に悪を追うという使命を持った仲間だ。訳の分からない、物事をひっかきまわす自分勝手などこかの精神科医とは違う。

「ありがとうございます」

愛梨は素直に頭を下げ、小走りに廊下を進んだ。

ちょうど入線してきた新幹線に飛び乗り、東京駅に戻ったのは夜九時を過ぎたころだった。

捜査本部のある月島署までは、タクシーを使うのが一番早い。しかしこの時間に警察署に向かう客というのは警察関係者に違いないと思ったのか、運転手はずいぶんと安全運転だった。制限速度ぴったりで、黄色信号も余裕を持って止まる。気持ちは焦るが、飛ばせ、とも言えない。

実際にかかった時間よりも長く感じながら、月島署の正面に滑り込み、捜査本部へ飛び込んだ。

夜の捜査会議は終わっていたようだが、福川と野田のみならず、ほとんどの刑事が残っていた。皆、愛梨の報告を待っていたのだ。

「ご苦労だった。詳細はあとでいい。要点を報告してくれ」

愛梨は席に着くことなく、入口に立ったまま報告を始めた。

「市川と相野に恨みを持つ可能性がある人物がいました。重松輝（あきら）、四十三歳。京都市在住、ゴミ処理場の職員です。いまから二十年ほど前に何者かに襲われ、恋人を亡くしていますが、犯人は逮捕されていません。重松は、市川と相野がその犯人だと思い込んでいるようです」

福川が手にしていたボールペンを愛梨に向ける。

「重松の携帯電話を追跡したところ、事件前後に東京にいたようだが、裏はとれているのか？」

「足取りは摑めていません。しかし、これはつい先ほど新幹線の中で連絡を受けたのですが、京都府警が重松の住居を調べたところ、本人は不在でしたが、市川、そして相野のことを調べていた形跡が確認されたそうです。詳細は追って報告をもらえることになっています。また住居ですが、綺麗に片付けられていたということです」

「それは身辺整理をしていたということか？」

「そのようです。八畳ひと間のアパートで、もともと質素な生活をしていたようですが、荷物などは部屋の隅にまとめられていたと。さらに掃除までしていたようです」

重松は戻ってくるつもりはなかったのかもしれない。復讐をやり遂げる、ただその一点だけを見て東京にきたのではないか。

いまここにいる刑事たちはみな、同様に感じているようだった。

「では間違いないのか。重松が相野を殺害したということに」

「可能性は高いと思います。そしていまは市川議員を狙っていると思われます」

「了解した。重松の足取りに人員を割く。渋谷先生はどうした」

「それが、まだ調べたいことがあるからと、京都に残っています」

「なにを調べるんだ」

「説明はうけておりません。おそらくですが、あの日、成田さんは重松を見て市川の幻覚を見たことになります。それを調べたいのではないでしょうか」

なんであんなやつを庇わねばならないのだ、と愛梨は不本意な気持ちだった。

そこに愛梨を呼ぶ声がした。振り返ると、会議室の後方にいたデスク要員が手を上げている。

「すいません、青山巡査宛てに入電です。成田さんです」

噂をすればなんとやら。愛梨は一礼を残して受話器を受け取った。

『すいません、成田です。先日は、申し訳ありませんでした』

「いえいえ。どうされました」

『渋谷さん、いまは京都なんですよね。少し前に電話をもらいまして』

「ええ、そうなんです」

『それで、渋谷さんから言われたことがあって、それで連絡をしました。私の幻視は、どうやら記憶がごちゃまぜになっているのが原因のようなのですが、それを簡単に消し去る方法があるようなんです』

「それはどんな？」

「幻視の本人と直接話をすることだそうです」

「市川議員と？」

『はい。会ったことがないのに、どうして幻視を見てしまうのか。その本人と会うことで記憶が整理されるようなのです』

「なるほど」

『先日、渋谷先生にカウンセリングをしてもらった時、気持ちが悪くなってしまって、本当はすぐに帰る予定にしていたんですが、先生から連絡をもらって、熱意に負けたといいますか。なんとか最後にお力になれたらって』

「そうですか。ありがとうございます」

『ただ、明日の午前中には帰らなければなりませんで、それで、朝一番ならと思いまして。

もちろん、いまからでもいいんですが』

愛梨は時計を見る。すでに十時を回っていた。さすがに今日は無理だろう。

しかし、もし幻視を取り去ることができて、実際に見たのが重松だと確認がとれれば、捜査は一気に進むかも知れない。

「ちょっと、待ってもらえますか」

愛梨は電話を保留にすると、最前列までとってかえし、幹部陣にいまの提案を伝えた。

「まあ、こちらとしては困ることはないか。もしそれで本当に見ていたものがわかるのならありがたい」

福川に野田が応じる。

「そうですね。それが重松なら話は早いし、幻視ではなく市川本人だったとしても緒(いとぐち)が見つかりますね」

福川が頷いた。

「よし、青山。明日の朝、吉澤警部と一緒に成田さんをピックアップして病院まで案内してくれ。私は現地で待つ」

短く返事を残し、後ろまで走ろうとしたとき、野田が目の前にある電話機を指さした。

すいません、と言いつつ受話器をあげ、保留を示すＬＥＤが点灯するボタンを押した。

「成田さん、お待たせしました」

明日、迎えに行くことを伝えた。

『かしこまりました、よろしくお願いいたします』

「いえ、こちらこそご協力感謝します」

『私は自分が情けないんですよ。せっかく犯人の姿を見ているのに思い出せないなんて。もうこの歳です、これまでろくな人生ではありませんでした。そして病にもかかって自分の人生の意味がわからなかったんです。そこに最後に意味のあることができるかと思いまして。老人のわがままなんですが、ありがとうございます』

愛想のいい笑みを浮かべながら、何度も腰を折る成田の姿が浮かんだ。

『あの……』

電話を切ろうとしたときに、遠慮がちに声をかけてきた。ずっと言おうかどうか迷っていた、という感じだった。

「なんです？」

『あの……渋谷先生は、明日は来られるのでしょうか』

「いや、どうでしょう。いつ戻ってくるのか、予定がわからなくて」

あの、バカが。と心の中で悪態をつく。

「電話してみましょうか」

『あ、いえいえ。実は……これは青山さんだけにお伝えしたいのですが……。私は、あの方が苦手でして。いえいえ、もちろん、あの方が悪いわけではなくて、精神科医という方に……』

「なにか、あったんですか」

『心を覗かれるといいますか。あまり気持ちのいい体験ではありませんでした。もちろん、あの方が背負われている任務の大きさや、熱意のある方であることは理解できるのですが』

どうやら、精神科医という存在に不信感を抱いているようだ。前回の催眠誘導で様子がおかしかったのは、信頼関係ができていなかったからなのだろう。

渋谷は確かに変人だ。偏屈でもある。しかし、協力者が不安になるようなことは避けたい。

「あのひとは、確かに変人ですが、悪い人間ではありませんよ。明日のことは心配しないでください」

もし帰ってきても、近づけるようなことはしないから。

6

翌朝、新橋にあるビジネスホテルで成田をピックアップし、市川のいる病院へ向かった。すでにチェックアウトしたのか、小さなボストンバッグをひとつ抱えていた。

心配した渋滞はそうでもない。予定通りに到着できるだろう。

「それにしても、本当にありがとうございます」

愛梨はハンドルを握りながら、後部座席で小さくなって座る成田に言った。

「いいえ。老いぼれの最後のチャンスですから」

「今日は何時の電車ですか」

「決めてはいません。用件がすみましたら適当なのに乗り込もうと思っています。その前の最後のひと仕事です。ところで、あの……」

「なんです?」

「渋谷先生は……」

よほど苦手意識があるようだ。電話ではしっかり話をしたようだが、実際に会うとなると不安にもなるのだろう。

「連絡してみましょうか」

「いえいえ、大丈夫です、すいません」

またペコペコと頭を下げた。

助手席に座る吉澤は、どこか嬉しそうだった。渋谷が信用されていないことを知ったからなのかもしれない。だとしたら、相当に子供っぽい。

病院の駐車場に車を滑り込ませると、一番奥に一目でそれとわかる車を見つけた。愛梨が隣のスペースに駐車すると、ドアが開き、福川が降りてきた。

福川を紹介すると、成田は土下座でもするのではないかと思えるほどに腰を折った。永遠につづきそうな挨拶だったので、愛梨は見切りをつけさせると、福川に続いて市川の個室に向かった。

リバーサイドクリニックはL字型をした比較的モダンな様相の病院で、市川のような政治家や芸能人が入院先として選ぶことで知られていた。

四階の南側半分がいわゆるＶＩＰ病棟になっていて、ナースステーションの横にはセキュリティドアがあり、許可を得た者でないとその区画に入れないようになっている。福川はナースステーションで警察手帳を提示し、さらに市川に用件を内線で伝えた。本人が解錠ボタンを押すことで、ようやくドアを通ることができる。

廊下は病院というレベルではなく、むしろホテルのようだった。一部屋あたりの広さも、通常であれば、八人部屋として使われそうな病室をひとりで使っているような印象だ。

「すごい世界があるものだ」

吉澤のつぶやきに、愛梨も頷いた。

病室も、番号ではなく、それぞれに名前がつけられている。市川の病室、いや『部屋』はカサブランカという名前だった。

ノックの後に重厚なドアを開ける。ちなみにこれは自動ドアだ。

病室に足を踏み入れて、また目を剝く。病室でありながら、病を得て住むのが勿体ないくらいの豪華さで、愛梨の住むマンションとは雲泥の差があった。大きくとられた窓と高い天井。眼前には荒川河川敷が広がって、開放感があった。

部屋の奥、観葉植物に囲まれたエリアに市川がいた。

部屋の印象に対して、ベッドがシングルサイズだったのが意外だった。おそらく、キングサイズだと治療行為の妨げになるのだろう。

ベッドは四十五度ほど起こしてあって、ベッドテーブルに置かれた朝食をとっていた。見る限り、ホテルのルームサービスで提供されるものと印象はかわらない。

市川はテレビで見るよりも若い。事前に確認したところ、身長一八〇センチ、体重一〇五キロだというからかなり大柄だ。への字口に見えるのは頰が垂れ下がっているからだが、目が細く吊り上がって見えるのも、脂肪のせいかもしれない。

「市川議員、朝から申し訳ありません」

「いや、かまわんよ」

優雅だ、と思った。いくら国会議員と言っても、ここまで贅沢な入院生活を『エンジョイ』できるものなのだろうか。

「その人ですか」

太く、よく通る声で成田を萎縮させた。

「困るんだよ、私が事件現場にいたなんて言われて、ずいぶんと迷惑しているんだ。いい加減なことを言うのは慎んで欲しい」

それから女刑事が珍しいのか、愛梨に興味津々といった目を向けてきた。この手の男は、想像力が豊かなのだろう。服の中を透視するような目だ。

内ポケットに入れていた携帯電話が振動した。ちらりと目をやると渋谷の名前が表示されていた。

どうせホテルで遅めの朝食をとってこれからチェックアウトしますー、とかだろう。夜は夜で華やかなところにでも行ったか。経費なんかで落とさせないぞ。

福川が一歩前に出て、愛梨は意識を戻した。

「市川議員。今日はお訊ねしたいことがありまして」

ポケットから一枚の写真を取り出した。

「この男にお心当たりはありませんか」

「知らんな。誰なんだ？」

「重松輝。本件の重要参考人です」

市川の顔が陰った。

「議員、この名前は聞き覚えがあるのでは？」

「知らんな」

市川はこれ以上のことは話さない、と意思表示をするように窓の外に目をやった。

「二十年ほど前に比叡山のドライブインで発生した、カップル襲撃事件。その被害者です」

明らかに表情が曇った。口角が急角度で下がる。もはや、それは怒りに近かった。

「知らんと言っているだろう。そいつがどうしたんだ。相野を殺したっていうのか」

「その可能性があります」

また着信。渋谷だ。まったくこんなタイミングで。

『拒否』のボタンを押す。

「なんで、相野は殺されたんだ？　個人的な逆恨みか？」

「それはまだ捜査中です。ただ、少なくとも、重松には相野さんを殺害する理由があるということです」

「どうも言っていることがわからんな」

市川の目が成田を再度とらえた。

「あなたは、なんと言ったかな」

「成田と言います」

またぺこりと頭を下げた。

「あんたが余計なことを言うから、おかしなことになっているんだぞ、わかるかね」

「誠に申し訳ありません。しかしですね、今日伺ったのは、その件でして」

「どの件だ？」

「いえそれが、私の頭はどうにかなってしまって、肝心な時に幻覚を見てしまうんです」

「はあ？」

語尾が喧嘩腰に跳ねた。

「だから、勝手に俺の幻覚を見るなよ」

もはや言いがかりに近い。

「それで、なにしに来たんだよ」

市川の迫力にしどろもどろになってしまった成田の代わりに愛梨が答える。

「脳内での情報処理がうまく行かず、市川議員の姿が現れた。つまり、もし成田さんがあの時に見たのが重松だったとすると、彼の姿が議員を連想させたということになります」

「なんでだよ」

「それはわかりません。成田さんも京都の育ちなのでどこかの記憶がつながったのかもしれません。いずれにしろ、脳がきちんと記憶を整理できれば、あのとき見た光景を思い出せるかもしれない。そのために本日、こうして伺っているわけです」

市川は嫌悪するような目になった。まるで、お前がしっかりしていないからだ、と言っているようだった。

「おふたりは初対面ですか？」

成田は上目づかいに市川を見ながら頷いた。

「私なんかが、お話できるような方ではないですから」

「どうですか。きっかけはともかく、実際にお会いになってなにか感じることはありますか」

実際に見た風景が見えてくるというが、どのようになのだろうか。

そこにまた着信。

さすがに面倒くさくなり、福川に会釈をして部屋を辞した。廊下に出て応答ボタンを押す。

「もう、なんなんですか」

『いまナースステーションのところにいるんです、とりあえず来て下さい』

え、ここに来ているのか？

小走りにナースステーションに行くと、確かに渋谷がいた。セキュリティで止められていたようだ。

「なんなんですか――」

「成田さんは」

機先を制された。

「市川議員と話していますよ。てかどうしてここに、ってこら！」

渋谷は愛梨を振り切って廊下を走り出したものの、市川の部屋がわからずに、愛梨に助けを求めるように振り返った。

「ねえ、どうしてここに？」

「朝イチの新幹線で東京駅に着いて、捜査本部に顔を出したんです。そしたらここにいるって。成田さんと一緒って聞きましたけど、部屋はどこですか」

「あっち。だって、渋谷先生が言ったんでしょ、幻覚の主に直接会えば、本当に見たものがわかるって」

渋谷は立ち止まり、目を見開いた。

「言ってません。それに、そんな方法はきいたことがありません」

えっ？

背中を氷が駆け下りるような感覚だった。

「だって、きのう電話で話したって」

「それは別件です。京都で生活したことがなかったかどうか、どこの病院に通っていたのかを確認したかっただけです。そしてわかったんです。成田さんがこの事件に関わっているのは偶然ではないんです」

「え、なんなの……、とにかく、こっちよ」

嫌な予感が愛梨の足を早めさせた。

「偶然じゃないって、どういうことよ」

そのタイミングで部屋の前についた。渋谷は答えるより前にドアを開けた。

成田がいつもと変わらぬ腰の低さで市川と話していた。それからこちらを向き、渋谷がいることに表情を強張らせた。

それはイタズラを見つけられた子供のようでもあったが、本質的に違う。ひとがよさそうな、下がった目尻はみるみる吊り上がり、弛緩していた頬も削り出した岩のように無骨なものになった。

その変化に、愛梨は言葉を失った。

成田はゆっくりと首を回し、茹でたまごの殻を剝く市川に目を落とした。

「晃子を殺したのはお前か」

あまりに低く、腹の底から響くような声だったので、驚きが先行してしまい、それが成田によるものだったこと、そして内容の理解が遅れた。

「はあ?」

とぼけた顔で成田を見上げる市川。だが市川にもわかったようだ。成田がここにいる理由が……。血の気が一気に引いた。

成田がゆらりと市川に近寄った。右手を胸ポケットに入れている。

その時、愛梨の両側で風が動いた。それが渋谷と福川だとわかったのは、成田と渋谷が抱き合うような形でぶつかってからだった。

渋谷だけがその場に崩れおち、時間が止まった。

血に染まったナイフを手にした成田が叫び、そしてまたナイフをふりかざし、市川目がけて振り下ろそうとする。

叫び声が自分のものだったのかは定かではないが、次に目に映ったのは成田の腕を摑んだ福川が、身体を反転させながら成田を引き倒す姿だった。洞窟の奥で声が反響するような、輪郭のはっきりしない音。足元にナイフが滑ってきて、我に返る。

成田はうつ伏せにされ、首の後ろを福川の膝が押さえつけている。さらに右手を後ろにねじ上げられていた。

ベッドから転がり落ちた市川は、部屋の隅で吉澤にガードされている。

そして、渋谷は——。

愛梨は駆け寄ると、真っ赤に染まった腹部を押さえる。熱く、ねっとりとした血液を止めようとするが、指の隙間からあふれ出てくる。

なんで、なんで……。なんでよ！

「渋谷さん！　渋谷さん！」

渋谷の顔面は既に蒼白で、口を盛んに動かしていたが声にはなっていなかった。

そこに、医師や看護師が入り乱れてきた。

「渋谷さん！」

医師が愛梨と替わろうとするが、愛梨は渋谷の反応が欲しかった。すこしでもいい、呼びかけに答えて欲しかった。

「渋谷さん！」

愛梨は腹部に置いた手を離し、医師に処置を任せると渋谷の頭を膝の上に抱え込み、頬を手のひらで支えた。みるみる冷たくなっていく渋谷に、なんとかして自分の体温を分け与えたいという思いだった。

「す……じ」

渋谷がなにか言ったが自分の泣き声にかき消されていた。

「な、なに？　渋谷さん?!」

渋谷は閉じそうになる自らの瞼（まぶた）を懸命に持ち上げながら、愛梨を捉（とら）えた。愛梨は耳を渋谷の口に近づける。

「う……じん」

なんのことだろう。

「もう一回、お願い」

「すう……じん」

「すうじん？」

聞き返すと、渋谷はふぅっと息を吐いて脱力した。

「渋谷さん？　渋谷さん?!」

「すぐに運ばないと」

駆けつけた医師に言われ、愛梨は下がろうとした。しかし、よろけてしまい、姿勢を維持できずに壁によりかかって身体を支えた。

渋谷は酸素マスクを着けられ、さらに看護師たちが集まってその身体を担架に乗せた。

なんで？　なんでなの？

駆けつけた屈強な刑事が福川に替わって成田を押さえつけている。哀れな老人に思えていた彼は激しく手足をバタつかせ、そして断末魔のような叫び声をあげている。

それは、恐ろしい声だった。

また涙がこぼれる。身体が揺れる。立ち上がろうとして膝が落ちる。

そこを吉澤に抱き留められた。

「お義父さん、どうしよう……どうしよう……」

吉澤の存在に安心した分、頭の中は加速度的にパニックになっていく。

やがてエネルギーを使い果たしたように、愛梨は意識を失っていた。

「あいちゃん」

それは何度目の呼びかけだったのだろう。愛梨は混沌とした沼のような意識から頭を持ち上げた。

病院のベンチ。吉澤が覗き込んでいる。

筋肉が抜け落ちてしまったかのように、身体が動かない。吉澤が横から支えてくれて、なんとか身体を起こし、背もたれに寄りかかった。

あれからどれくらいの時間が経ったのか——。

すべてが夢のようで、愛梨はぼんやりと対面の壁をぼんやりと見つめていた。

「あいちゃん、身体を洗ったほうがいい」

見ると白かったシャツは袖と胸から下にかけて真っ赤に染まっていた。黒いから目だたないが、ジャケットとパンツも渋谷の血を吸い込んでいるはずだ。

「ショックは大きいと思う。しばらく休むかい？」

愛梨は首を横に振った。

「だったら、身体は洗ったほうがいい。捜査に全力で臨むなら」

愛梨は頷いた。

「病院のシャワールームを貸してもらえるようだから。あと売店でシャツを売ってる。買ってこようと思ったけどサイズがわからなくて——」

愛梨は立ち上がった。

大丈夫。足はしっかりと身体を支えている。あたしは、歩ける。真相を追える。

「渋谷先生は？」

「集中治療室だ。意識はまだ戻っていない」

手首を返して腕時計に目をやる。

僅か一時間前のことが、遠い昔のことのように思えた。

「どうして、成田さんが……」

「まだ興奮状態で聴取はできていないようだけど、すべては市川を殺害することが目的だったのかもしれない」

「なぜですか」

「まだ分からない。捜査本部もかなり混乱している」

そこからしばらく無言になった。

「あ、それで、渋谷先生はなんて言っていたの？」

「え？」

「ほら、担架で運ばれる前」

愛梨は渋谷のか細い声を思い出し、間違いないか、何度か反芻した。

「すうじん、です」

「すうじん……なんだろう」

京都に残って調べたいことがある。渋谷はそう言っていた。

愛梨はハッとして、スマートフォンを取り出すと、インターネットで『すうじん』『京都』で検索してみた。

「これだ……」

吉澤も覗き込んだ。

『崇仁』地区は京都にあるかつての被差別部落の名前だった。京都駅からも近い立地で、現在は再開発が進んでいるようだ。

渋谷が調べていたのはこのことか。しかし、それが事件とどう繋がるのか。謎が提示され、愛梨の脳が回転を始める。すると、どんな状況であれ、捜査をするためのエネルギーが湧き上がってくる。

渋谷のことは心配でならない。いまでも彼の熱い血液が、本来とどまる場所から止めどなく漏れ出す感覚が蘇る。

しかし、だからこそ立ち止まってはならないと思う。私は刑事なのだ。

「シャワーを浴びてきます」

それだけ言うと、まずは売店に向かった。

病院を後にしたのは十二時を五分ほど回ったころだった。昼間の太陽熱を反射するアスファルトを進み、捜査車両に向かう。

売店で買ったシャツは男性用でサイズは合っていない。化粧道具も持っていないのでほぼ、すっぴんだ。だが吉澤の言うとおり、シャワーを浴びたのはよかった。いまでは意識は完全に前を向いている。

吉澤は運転席に回った。

「あいちゃんを本庁まで送るように言われているから」

「え、そうなんですか？」

「現職議員が襲われたということで、対策室が立ったらしい。あいちゃんはそっちに合流するみたい」

「じゃあ吉澤さんは」

「月島署の捜査本部に戻る。浮き足立っている時ほど、ベテランが必要だ」

車のドアを開けて助手席に乗り込む。温室のごとく熱せられた空気が汗を噴き出させた。窓を全開にし、走行風で車内の空気が入れ替わるのを待ってからエアコンに切り替えた。

それからスマートフォンを取り出す。

僅かな時間も勿体なかった。なにが起こっているのか、その糸口を摑んでおきたい。

「崇仁……。渋谷さんはここでなにを摑んだのでしょうか」

吉澤は信号のない交差点で左右を確認しながらつぶやいた。

「今回の件はかつての部落差別と関わりがあるのかな？　でも、もう何十年も前の話だよ」

幹線道路にはいり、中央車線の流れに乗ってから続けた。

「あたしは正直、部落差別のことを知りません。触れてこなかったというか」

「そうかもしれないね。部落解放運動が盛んだったのは昭和四十年代だったかなぁ。しばらくは学校教育にも取り入れられていたんだけど、平成に入ってからはほぼ聞かれなくなったかなぁ」

一般的には『道徳』の授業として扱っていたようだ。

「もちろん、それは部外者の話だけどね」

「じゃあ、いまもつづいていると？」

「表だってはないと思う。たとえば、かつては東京にもそういった町はあったけど、人の出入りが多く、同じ場所に何世代にも渡って住み続ける人が少なくなると、そんな意識は希薄になっていく。でも地方のようにその町に住み続ける人が多いと、どこかで意識しているのかもしれないね」

　愛梨は検索結果から興味深い記事を見つけた。

「これは不動産業界の話ですが、東京の地価で周囲よりも安いところがあると、かつての被差別部落だったりすることもあるようですね」

　頷いていた吉澤は渋い顔のまましばらく運転していたが、赤信号で停車したタイミングで愛梨を窺った。

「そういう意味でいうと、京都は閉鎖的なのかも知れないね。東京ほど人の出入りもないし、街そのものが文化財みたいなところだから再開発も少ない。代々ずっと住み続けているひとも多いだろう。成田の年齢から考えると、まだ差別が色濃く残っていた頃に京都にいたのかもしれない。しかし……それがどうして相野や市川が襲われることになるのか」

　そうなのだ。少し前まで、愛梨は重松を追っていたのだ。たとえ逆恨みだったとしても、状況的に復讐するだけの理由があったからだ。

　しかし、犯人は成田だった。

事件を俯瞰してみると、辻褄が合わない。

「そもそも、佃で事件が発生したとき、どうして成田は交番に行ったんでしょう。財布を落としたなんて」

「そうだね。自分から幻覚を見たとか言って……」

しばらくの無言。首都高速道路に入ったところで、ほぼ同時に言った。

「わざとだ」

愛梨は続けた。

「市川に近づくためですよね。セキュリティの高い病棟に入るための策」

あり得るか……？　しかし、この状況で他に納得できる理由なんて、そうそう思い浮かばない。

「市川を見たと言って、なにか理由をつけて本人に会うつもりだったということですね？」

「そうだね。市川は収賄の追及から逃れるために病院に雲隠れしていた。関係者以外入れない病室だったから近づくことができない」

「市川との面会の話も、まるで渋谷先生から言われたかのようでしたが、渋谷先生はそんな話はしていないって」

「もっともらしい理由を捜していたところに、渋谷先生が近くにいない状況が生まれた。これを好機と捉えたんだろう」

「ずっと市川を狙っていたんだ……。だから捜査に協力するようなことを言っていたんだ」

　見抜けなかった自分を恨んだ。

「でも、問題は動機だね。ふたりの間には面識はなかったんだよね？」

「そうなんです。少なくとも市川には……」

　ここでふと思い出す。

「でも、襲われることについては心当たりがあるような気がします。成田が、えっと誰かを『殺したのはお前か』とか言ったとき、顔色が変わりましたから。どこかハッとしたような」

「なんて言っていたかな」

　できれば自分の記憶から遠ざけておきたい、その光景を思い出す。ナイフを振り上げる成田。そこで叫んだ。

「あきこ、って言っていたような。あっ」

　愛梨はバッグを引き寄せ、捜査資料を弄る。京都府警でコピーをもらった二十年前の事件。

「これだ。喜多川晃子さん。何者かに襲われて死亡。重松の恋人だったひとで……」

「重松？」

「はい。あれ、どうして成田が出てくるんでしょう」

「成田は、重松や被害者の晃子さんと面識があったということになるね。特に、晃子さんと」

「そうですよね。名前を叫んでいたくらいですから。つまり市川が晃子さんを殺したと思っているということですね」

しかし、京都府警に訴え出たのは重松だ。いくら資料を見返しても成田の名は出ていない。

まさか、重松が成田に殺害を依頼した？

わからないことが多すぎる。

霞が関で高速を下りた。警視庁本部はすぐ目の前だ。

桜田門前の信号で停車し、吉澤が呟いた。

「崇仁。成田。重松。それらが二十年の時間を経て、東京で市川や相野に繋がった。わからないことだらけだけど、あせらず、糸をほぐしていこう」

愛梨は頷くと、バッグの中にしまっていたシャツを握りしめた。

渋谷の血で染まったシャツは凝固していた。

なぜだろう。いつも渋谷には意地を張っていたような気がする。なんで素直にコミュニケーションを取らなかったのだろう。なんで彼のいうことに耳を傾けなかったのだろう。

そこでハッとする。

彼のことが好きだからか？　そしてそのことを悟られたくなかったから……。

シャツをもう一度、今度は撫でた。凝固した血液でザラザラの表面ですら愛おしく感じた。

彼が伝えたかったことはなんだったのか。それを、つかみ取ろうとするかのようだった。

成田の身柄は、病院のある所轄でも捜査本部が置かれている月島署でもなく、警視庁本部に勾留されていた。

現職の国会議員に対する暗殺未遂という事実が、事態を重くさせていたのだ。

「青山、大丈夫か」

廊下を歩く愛梨を見かけた福川が声をかけてきた。

「はい。大丈夫です」

並んで歩き始めたものの、愛梨は足を止めた。

「あのっ、申し訳ありませんでした」

愛梨が頭を下げていたことに、遅れて気がついた福川が振り返る。

「なにがだ」

愛梨は頭を上げると、成田ははじめから市川を狙っていた可能性が高いことを手短に説明した。

「成田の提案に乗ってしまったのは私の責任です。もう少し慎重になっていれば議員も襲われなかったでしょうし、渋谷先生もあんなことには……」

「それは違うな」

ふたたび歩き始めた福川を、愛梨は歩幅を詰めて追う。

「ここだけの話だが」

あたりを見渡して、声を落とした。

「なにをやっているかは知らんが、市川はワルだと思っている。その化けの皮を剝いでやりたいとも思った。だから利用できるものは何でも利用したかった。その裏を突かれた。だから、責任は私にある」

「しかし……」

「捜査をするのは刑事の仕事。責任を取るのは、その長たる者の務めだ。刑事のお前は、いまは真相を暴くことだけに集中しろ。いいな」

「……はい」

「じゃあ、会議室で待っていろ」

愛梨は福川の背中に向かって、頭をもう一度下げた。

実際、福川の立場を考えると、事態は深刻だろう。かたちはどうであれ、警察官が暗殺者を呼び込んだことになるからだ。

自分はとんでもないことをしてしまったと、愛梨は深く沈んだ。

悔しくて、情けなくて涙がこみ上げてくる。

一課長を窮地に追い込み、渋谷は意識不明。すべては自分が利用されたことからはじまっている。

辞表を出そうと思った。

でも、それは今日じゃない。すべての絡んだ糸を解きほぐす。あたしができることはそれしかない。

愛梨はひとり頷くと、出かかっていた涙をいまは引っ込めることにした。

そして前を向いた。


会議室には十名ほどの関係者が集まっていた。愛梨以外に月島署の捜査本部から呼ばれた者もいたが、現職の国会議員が狙われたことで政治犯の疑いも指摘され、公安からも捜査員が来ていた。

その中で、有賀の顔を見つけたときは安堵(あんど)した。

「班長、すいま――」

「いま成田の聴取を行っている。じきに一次報告がされるはずだ」

有賀は愛梨の言葉を遮り、また労(ねぎら)うような言葉もかけてこなかった。

実際、やさしい言葉をかけられたなら、張り詰めた糸が緩んで、そのまま落ち込んでしまうかもしれない。それをわかってのことだろう。

「成田の様子はどうなのでしょうか」

「一時は錯乱状態だったが、いまは素直に取り調べに応じているようだ」

そこに書類を手にした刑事が入ってくると福川の元に駆け寄った。おそらく取り調べを担当していたのだろう。福川は頷きながら報告を聞いていた。

会議室の中の全員が、次の言葉を待っていた。

「みな、聞いてくれ。成田が相野の殺害を自供した」

おおっと声が上がる。

「幻覚を見たというのも、市川議員に近づくための狂言だったと言っている。動機については まだ支離滅裂だ」

背後から小さな声が聞こえた。

——結局、幻覚なんて見てなかったのか。それじゃあ、あの先生の見立ては間違っていたのか？

——嘘を見抜けなかったってことだ。司法心理士だかなんだかを成立させて名を上げようと焦ったんじゃないか？

怒りがこみ上げてくる。その震える愛梨の手を有賀がつかんだ。そして、やや大きめの声で言った。

「それでも市川を救ったヒーローであることにはかわりがない。警察は、襲われることを予見できなかったんだから」

福川がこちらを見たが、状況は察したようで、なにも言わなかった。咳払いをして、報告を続けた。

「それから、渋谷医師を刺してしまったのはあくまでもアクシデントだったようだ。そのことにも動揺しているようだから、もう少し落ち着くのを待つ必要があるかもしれない」

　ここで手元のファイルを閉じると、愛梨を向いた。

「ただ、動機についてひとつの仮説がある。そうだな、青山」

　皆の視線が一斉に愛梨に集中した。

　しかし、まだ仮説といえるほどのものでもないので、どこまで話せばいいのか戸惑った。

「いいんだ。話してくれ」

　促され、愛梨はひと呼吸すると、頭を整理しながら話し始めた。

「成田は市川議員に襲いかかる際、『晃子を殺したのはお前か』と叫んでいました。晃子という人物について、現時点で心当たりがあるのは――」

　愛梨は手帳を開き、間違いがないことを確認する。

「喜多川晃子さん。いまから二十年前、京都市にある比叡山のドライブインで何者かによって重松と共に襲われ、命を落としています」

「では、成田は彼女の復讐のために市川を狙ったということか？」

「可能性は高いと思います」

「いまの話を聞くと、成田は重松の代わりに犯行に及んだように思えるが、成田はどんな関係があるんだ？」

「それはまだわかっていません。晃子さんは当時二十四歳、成田は四十三歳でした。また、相野と市川が狙われた理由として、ふたりに共通するのは重松の告発です。重松は京都府警に対して、喜多川晃子殺害の被疑者として両者の名を挙げています。しかし、そこに成田の名前は出ていません」

福川の隣にいた、柿の種のような細い目をした刑事が聞いた。

「ひとつ疑問があるのだが。結局、重松はどうなったんだ？」

もっともな質問だ。

現時点で、唯一動機があるのは重松だ。携帯電話の電波が現場近くで記録されていたが、その重松はいまどこにいるのか。

——重松は目障りになって消されたんじゃないか。

——成田は重松の無念を晴らそうとしているのかもしれない。

そんな憶測が聞こえてくる。

しかし捜査一課長たる福川は、憶測で物事を判断しない。我々の立ち位置をはっきりさせるかのように言った。

「要約すると、こういうことか。つまり、重松と晃子さんのふたりと、成田の関係は分からないが見るかぎり、成田はその事件の復讐をしているという事なんだな？」

「その通りです」

「わかった。青山は、そこにどんな関係性があるのかを探ってくれ」

「了解しました」

その時だった。愛梨のポケットの中で携帯電話が振動していた。発信者の番号には心当たりがなかったが、福川に、すいません、と断って通話ボタンを押す。

「警部、昨日はお世話になりました」

『青山さん、山代です』

愛梨は口元を手で覆いながら、いったん廊下に出た。

『いえいえ。それでね、渋谷先生から頼まれていたことがあったんですけど、先生と電話が通じないもんで』

「渋谷先生は……」

愛梨は渋谷が刺されたことを伝えた。あくまでも、事務的な声になるように意識した。そうでもしなければ、その事実に心を持って行かれそうだった。

『なんですって⁈ それで容態はどないです』

「現場が病院だったことが幸いして、いち早く処置ができたのですが、いまだに意識不明です」

『なんてことや……。成田が市川議員を襲ったというのは一報を受けていましたが。まさか先生が巻き込まれていたとは……残念です』

愛梨は沈黙で応え、それから聞いた。

「あの。それで渋谷先生は何を？」

『ああ、成田の京都での居場所です。これで、被害者と繋がりました』

「被害者、というのは」

『喜多川晃子さんです。成田と同居していたんです』

渋谷のことで俯き気味だった愛梨の身体が電気ショックを受けたかのように伸びる。

「えっ、家族ということですか？」

『ある意味、そうともいえます。というのも住んでいた家が、通称「干渉家族ハウス」と呼ばれていたところなのです』

家族……ハウス？

『成田は京都生まれで、実家は三宅八幡というところにあります。ただ若い頃に社会からドロップアウトし、家族からも見放された。そこで流れ着いたのが「干渉家族ハウス」です。これがあるのが下京区の崇仁地区というところで――』

「崇仁⁈ あの、それって……」

やや言いよどんだ。すると山代が察した。

『そうです。かつては被差別部落とされていた場所です。ただ京都駅から近いという立地もあって現在は再開発が進んでいます。いまは先に立ち退いたところが虫食い状態で更地になっていたり、バラックのような住居がまだ残っているのでちょっと雰囲気はよくないかもしれませんが、芸術大学も移転してきますので、街は一変するでしょう』

「なるほど。それで干渉家族ハウスというのは？」

『まあ、一種のシェアハウスと呼べるでしょうか。違うのは、そこに集まるのは、みな行き場を失って流れ着いたような人間ということ。それと、同居人らは互いに〝干渉〟し合うことです。それこそ、本当の家族のようにね。多いときで、十二名ほどが身を寄せていたようです』

愛梨の頭の中で、ここまでの登場人物が線で結ばれていった。

「では、成田は晃子さんの、家族、親のような存在だった?」

『そうだと思います』

流れ着いた安住の地で出会った、娘のような存在が殺され、未解決のまま時が過ぎた。そしてなにかをきっかけにして相野と市川がその犯人だと知り、復讐に至る……。

あり得ると思った。

渋谷もそう思ったから調べさせたのだろう。

ん、まてよ。

「警部、渋谷先生はなぜ成田の居住地を調べようと思ったのでしょうか。成田と晃子さんが繋がるなんて、どうして分かったのでしょうか」

『詳しくはわかりません。ただ、成田が京都にゆかりがあることを早い段階で突き止めていたようです。東京で起きた事件の関係者、目撃者まで京都人が集まるなんて偶然とは思えない。そして資料に書かれた被害者の住所が、いわゆる崇仁地区でしたから、総合的に関係ありと踏んだんでしょう。干渉家族ハウスなんて、私も知りませんでしたから』

「ちなみに、そのハウスはいまもあるんですか?」

『いいえ、十年ほど前に売却され、いまは更地になっています』

愛梨は礼を言って通話を終わらせると、会議室に戻った。予感がしたのか、皆が愛梨の言葉を待っていた。

「喜多川晃子さんと、成田が繋がりました」

7

取調室は、やや蒸し暑かった。エアコンは入っているがすりガラスの窓から入り込む太陽光が、ささやかな冷気など中和させてしまっているようだった。

成田はグレーの机に額がくっつきそうなくらいうなだれていたが、愛梨が入室すると顔を上げた。なにかを言おうとして口を動かしていたが、結局は顔を愛梨とは反対側に背けた。

愛梨は成田の取り調べを行うことになった。他の刑事よりも過ごした時間が長かったぶん、態度を変えるかもしれないと思われたからだ。

「……渋谷先生の容態はどうですか」

愛梨が着席すると、目を合わせないままに聞いてきた。

「まだ意識は戻っていません」

無感情を意識し、事実だけを伝えた。

成田は、そうですか、とまた顔を伏せた。

「今日は私から伺いたいことがあります。なぜ、相野さんを殺害し、市川議員まで襲ったのか。その理由を教えてください」

成田は顔を上げない。

「殺害したことは認めているのに、動機を話さないのはなぜですか」

愛梨はテーブルの上に組んだ両手を置いて、やや前屈みになった。

「崇仁——」

成田の肩がぴくりと跳ねた。

「そこで、あなたは喜多川晃子さんと出会った。干渉家族ハウスでは、本当の娘さんのように思われていたんじゃないですか」

今度こそ、成田は目を見開き、愛梨を見返した。

「あなたが殺害を計画したのは、その晃子さんを殺された復讐ではないですか」

それが呼び水になったのか、言葉が喉元まで上がってきている。それから何度も頷き、躊躇いの果てにようやく話し始めた。

「当時、私には生きる気力がありませんでした。家族ハウスのオーナーが拾ってくれたから命だけはつながっていましたが、それすら申し訳なくなっていた。夜寝るとき、このまま死んで朝が来なかったらいいなと思いましたし、目が覚めたら覚めたで、今日は死ぬにふさわしいかどうか、まず空を見上げるんです。そして、いよいよ限界になった時でした。ある寒い日の夜に大雨が降って、ようやく死ぬべき日が来たと思いました」

成田はふうっと、息を吐いた。嗚咽をこらえるように小刻みに震えていた。

「部屋の押し入れにね、パイプが通っていたんです。そこにロープを巻きつけて、首にかけた時でした。ふと最後に外が見たくなりました。それで、二階の窓を開けてね、手をのばして雨の感触をしばらく楽しんだんです。それでいよいよ死のうと思ったとき、気付いたんです」

成田の目が、遠い過去を見通そうとするかのように細くなった。

「窓からね、三ッ梅稲荷大神っていう、小さな祠のお社が見えるんですよ。崇仁はね、どちらかというと暗くて、薄汚れた建物ばかりだから鳥居の朱色がよく目立つんです。そこにね、人影が見えたんです。酔っぱらいの雨宿りとはちょっと違う。それで、行ってみたんです」

愛梨はまっすぐに成田の表情を観察していたが、ここで陽だまりのように頬が弛緩した。

「そこに、ずぶ濡れで震える彼女たちがいたんです」

たち？

「晃子はまだ小学生だった。かわいそうに痩せこけて、捨て猫のような目をしてた。佳子を見た時――これは晃子の母親ですが、私はなんとも幸せな気持ちになったんです。生きる希望を見出した気がしました。つまり、私にとって彼女たちは、命の恩人だったのです」

「彼女たちは、どうしてそこに？」

「あちこちを流れてきたのでしょうが、ハウスの住人は詳細をききません」

「それで、成田さんは、喜多川佳子さんに好意を抱かれた？」

成田はわずかに自虐の笑みを浮かべながら首を振る。

「いえいえ。私はね、そんなことは考えたことはありませんよ。彼女たちの人生にほんのすこし関与できるだけで幸せでした。あそこにいるときは、本当に、家族のようでしたから。当時は十人くらいが身を寄せていたと思いますけど、晃子にとって母親はひとりでしたが、多くの父親に囲まれて育ったようなものです」

この後の話を予感させるように、表情が曇った。

「晃子はね、とても頭がよかった。気立てもよくてね。鼻っ柱と正義感も強かった……」

「そして、あの事件が起きるわけですね。もう一度伺います。相野さんを殺害し、市川議員を襲ったのは、その復讐ですか？」

成田は頷いた。

「晃子……そして佳子も逝きました。佳子は晃子が死んで、心身ともに衰弱していきました。最後まで一緒にいようと思いましたが、ついには私の名前もわからなくなり、そして逝ってしまいました。私は生きる希望を再び失ってしまったのです……復讐の相手を見つけるまでは」

成田の目が鋭く光ったように思えた。

「では、どうして彼らが晃子さんを殺害した犯人だと分かったんですか？　京都府警もまだ証拠を摑めていないんですよ」

「彼らは……目をつぶっているだけだ。形では捜査を続けていることになっているけど、実際はなにもしていない。『新たに情報がでなければ』と言うくせに、いざ情報を手にしても動かない」

そこで合点がいった。

「あなたは重松さんと連絡を取っていたんですね？　それで彼の話を聞いた」

成田は二度三度と頷いた。

「つい最近のことです。私が通院していた病院に、彼もいたんです。最近、事件の後遺症が悪化し、頭が割れそうだと。しかし、そのせいなのか襲われた時の記憶が蘇るようになったようなんです」

「相野さんと市川議員が、恋人である晃子さんを殺したところを見たと？」

「そうです。しかしその話をしても京都府警は動かない、と嘆いていた」

「あなたはそれを信じたんですね」

「信じない理由なんてない。彼はあの場にいたんだから」

事件を起こした動機、そして経緯は分かった。しかし、そうするとまた疑問が湧いてくる。

「では、相野さんを殺害したときの様子を教えてください。まず、どうやって呼び出したんですか」

調書では、このあたりの話が空白だった。

「電話をして呼び出した」

「いきなり電話をして、すんなり会ってくれたんですか」

「比叡山のことに少し触れただけで出てきた」

「では、電話番号はどうやって？」

「ネット、ってやつだ」

「そんな個人情報がネットにあるとは思えませんが」

成田の視線が泳ぐ。

「人を雇って調べてもらった」

「誰です？　探偵とか？」

「それは……言えない。迷惑がかかるから」

言い捨てると、これ以上話したくないとばかりに顔を背けた。

「もうひとつ。親指はどうしました？」

成田の頬がひきつる。反応してはならないと知りながらも、目が泳いだ。

『目の動きは脳の動き』

渋谷の言っていたことが蘇る。

「もう、捨てたよ」

「なんのために切断したんですか」

「……恨みだよ。殺しても足りなかったから」

愛梨はしばらく様子を観察したが、質問を変えた。

「重松さんとは、その後に会われていますか？」

「いや、会っていない」

チェスのようだった。持っている情報をどう提示するか。その順番と出し方を間違えれば逃げられてしまうかもしれない。

ここでは成田の反応を見たい。

「重松さん、行方不明なんです」

反応なし。驚きもない。

「殺されたんじゃないかって話もありますが」

「病院で会って以来、連絡していないからわからない」

「重松さんの携帯電話を追跡したところ、相野さんが殺害された時間、あの近くにいたんですが、ご存じでした？」

成田は俯いた。表情を見られないようにか？　愛梨は覗き込む。

「知らなかった」

「では、そんな時間になにをしていたんでしょう」

「私を……追ってきたのかもしれない。……止めるために」

先ほどからはじまっていた成田の貧乏ゆすりが止まらなかった。

愛梨は息を吐き、椅子にもたれた。

ここまでの印象では、嘘と真実がいりまじっているように感じた。もしそうなら、どこからどこまでが本当で、どこからが嘘なのか。そして、なぜ嘘をつくのか。

貧乏ゆすりが刻むリズムを聞きながら、愛梨はしばらく成田から目を離せなかった。

『どうやら渋谷先生は、府立大付属病院を訪ねていたようですよ』

電話の先の山代は騒がしいところにいるのか、やや声を張っていた。

重松とは病院で再会したという成田の供述のウラを取るために山代に協力を求めたのだ。するると、渋谷はすでにそこを訪ねていたというのだ。

「どうしてそんなところに」

『重松と成田、厳密にいうとふたりが診てもらっていた診療科は違うのですが、それぞれの受付は同じフロアですからね。出くわしても不思議はありません。渋谷先生は、ふたりの症状から考えて、そのことを予想したんじゃないですかね。同じ京都で、それぞれの症状を診られる病院を見つけ、訪ねた』

「なるほど」

医者ならではのアプローチだな、と思う。

「では、成田が病院で重松と会ったという供述は正しいということでしょうか」

『可能性は高いと思いますよ』

その情報を摑んだ渋谷は、成田にも復讐するだけの動機があると予想した。それで慌てて帰京したのか。

夜中でも早朝でもいいから電話で伝えてくれていたら、と思うが、最後まで確信が持てなかったのかもしれない。ひょっとしたら、最後まで成田を信じたかったのかも。

そう、渋谷は不確かなことは話さない。そしてお人好しだ。

その変てこな男はいまも意識が戻っていない。それを思い、愛梨は目尻にたまった涙の欠片を拭った。

「わかりました。ご協力、ありがとうございます」

『いえいえ。あ、あともうひとつ』

電話を切ろうとしていた愛梨は、フックボタンにかけていた指を慌てて離す。

『府立大付属病院で、渋谷さんの応対をした先生と話をしたんですがね、ずいぶんと気にしていたことがあったようです』

「それはなんです?」

『紹介状です。重松は、紹介状を発行してもらっていたんです』

それがどうしたというのだろう。

「渋谷先生は、そのことを不自然に思ったということですか」

『その時期であるとか、どこの病院に出すつもりだったか聞いていないかとか、詳しく知りたがっていたようです』

「そうか。紹介状が必要ということは、別の病院で診てもらうため、ということですよね」

『そうです。ただ、重松の場合、そんなに頻繁な通院は必要ではない状態だったそうです』

「頻度というのはどれくらいなのでしょう」

『月一回、あとは頭痛などの症状が出た時に対処するくらいで良かったそうです。なので、数ヶ月京都を離れるのであればともかくですが。でも重松は是非にと言って書いてもらったそうです』

「では、もっと長い期間、京都を離れる予定だった？」

『ええ。それを聞いた渋谷先生はずいぶんと考え込まれていたって』

重松の自宅は綺麗に整理されていたことも踏まえると、彼は上京する予定だった。紹介状をもらったということは、ある程度長い期間を予定していたということだ。

それ自体は不自然ではないと思うが、渋谷はどうして気にしたのだろう。

『ところでどうですか、渋谷先生は』

「まだ、意識は戻らないそうです」

沈黙ののち、愛梨は再度、謝辞を伝えた。

『なにかあったら連絡ください』

愛梨は頭を下げ、受話器を置いた。

こんなとき、渋谷がいたら、と思う。渋谷と話すと、愛梨の混乱した頭の中を整理してくれるのに。

いや、いいんだ。渋谷の意識が戻ったら聞けばいいことだ。

だから——はやく目を覚まして。


山代との電話を終わらせると、愛梨は福川が座る席に向かい、懸念を伝えた。

「紹介状か。だが、それは重松のだろ。なぜそこに拘る？　成田の行動の裏付けとどう関わるんだ」

福川の指摘は的確だった。いまやるべきなのは成田の自供のウラ取りなのだ。それが捜査の道筋になっている。

福川もまた、不確かな情報は判断を曇らせるとばかり、嫌うだろう。二百人の捜査員を動かす長として、一刑事の勘や違和感などにいちいち踊らされるわけにはいかない立場だ。しかし、キャリアの野田管理官とは違い、福川は現場の叩き上げだ。多くの事件捜査の現場を踏んできた福川なら、気持ちをわかってくれるかもしれない。

愛梨は頷き、そっと深呼吸した。

「端的に申しますと、重松も事件に関わっていると思うからです」

「どのようなかたちでだ？　共犯か？　その根拠は？」

「まったくありません」

愛梨は言い切った。

「では、どんなきっかけで、なぜそんな結論に結びついた？」

「それは……渋谷先生の行動です」

福川は値踏みをするような目で先を促した。

「渋谷先生は、我々が気付くより前に、重松と成田の接点を見つけていました。そして成田が市川を襲うと予見して病院に駆けつけました。そのおかげで、本来ならさらに深刻な状況になりえた私の失態を、身を挺して防いでくれました」

「お前じゃない、私の失態だ。言っただろう」

愛梨は、それには反論せず、あとを続けた。

「しかし、その渋谷先生が一番気にしていたのは重松の行方でした」

「実際、その重松は行方不明だ」

「だからこそです。彼は佃と京都を結ぶ鍵に思えるんです」

福川は上半身を反らし、愛梨を興味深そうに眺めた。

「お前は、渋谷先生の行動や態度に否定的な立場だったと思ったが？」

「確かに、そうでしたが」

「それは同情か？　渋谷先生が刺されてしまったことに対する自責の念か？」

それも、少なからず含まれているのかもしれない。渋谷が刺されたからこそ、彼の考えを理解しようとしている。

「それにな、今回の渋谷先生の見立てに懐疑的な意見もある。成田は幻視を見ておらず、それは市川に近付くための嘘だった。それを見抜けなかったのだから。お前も同様の意見だったはずだ。むしろ、お前は渋谷先生の態度を嫌悪すらしていた——」

「私は渋谷先生のことが好きです」

思わず口走った。

なにを言っているんだ？　と福川も目を見開いている。

「ええっと。い、意見が対立するのは思考回路が違うからです。しかし、目指す先は同じです。個人的な感情で渋谷先生の能力に疑いを持ったことはありません」

「個人的な感情ではない？」

福川は鼻から息を吐き出し、腕を組んだ。

「では、なぜ泣く？」

ん？

そこではじめて、愛梨は自分が涙をこぼしているのに気づいた。

「す、すいません。な、なんでだろ」

慌ててハンカチで目を押さえる。

渋谷が生死の境を彷徨（さまよ）っているという事実を、捜査に集中することで蓋（ふた）をしていたが、ふきこぼれるように、閉じ込めていた感情が涙腺（るいせん）を刺激したようだった。

「すいません。なんでもありません」

涙を拭き、背筋を伸ばすと、福川と向き直った。

「渋谷先生の行動は、事件はまだ終わっていないこと、そして重松も大きく関わっていることを示しているように思えてなりません。渋谷先生は警察とは違うアプローチをとる人です。もし『また』われわれがそれを見逃せば、次にそれを防いでくれる人はいません」

福川は頭を掻き、茶を口に含んだまま窓に目をやった。

ゴクン。

思考がまとまったのか、飲み干した。

「紹介状をもらったのは、長期間、京都を離れるからということだったな。ひょっとしたら戻るつもりはなかったのかもしれない」

「その可能性があります」

「ではお前の次のステップはなんだ」

「各病院に、重松が訪れていないか問い合わせを――」

だとしたら、どうする。なにを調べる？

は？　病院？　ひょっとして……。

確かなことなどなかったが、その考えはどんどん大きく、そして確信に変わっていく。

くそ、なぜ気付かなかった。

膝が崩れそうになった愛梨を福川は怪訝そうな目で見る。

「どうした？」

「根拠はありませんが、重松の目的が分かりました。それを確かめてきます」

福川が、それはなんだと無言で聞いてくる。

「市川がいる病院です」

ベテランの看護師長は、振り返ると写真を同僚にも見せ、同意を得てから再び愛梨に向き直った。

「あれ、このかた……」

「やっぱりです。間違えてここに来たことがあります」

それは重松の写真だった。職場のＩＤカードに使われていた写真で、現時点では最も新しい彼の姿だ。

「間違えて、というのは？」

「ええ、そこのソファーに座っていらしたんですが、面会ではなさそうだったので声をかけたんです。そしたら紹介状を持っていらしたんです。外来受付に行きたかったのを間違えてしまったようです。紹介状には頭部外傷に伴う記憶障害と書いてあったので、迷われてしまったのでしょう」

やはり重松は来ていた。しかも市川がいるフロアにだ。これは偶然だろうか、とはじめから答えの出ている疑問について念のために自分に問い直す。

偶然なんかじゃない。重松は調べに来たんだ。セキュリティの強い病室に潜り込むにはどうすればいいか。怪しまれないように紹介状を持っていたのだ。

「ちなみに、それはいつ頃の話ですか？」

「えっと、先週の……金曜日だったかな」

相野が殺される前日ということになる。

「その後は？」

「来ていないと思います」

重松は市川を狙っていたものの、セキュリティが強かったために手が出せなかった。そこでまずは相野をターゲットにしたのだろうか？

「でも」

横から別の看護師が言う。

「昨日もお見かけしましたよ。病院の外ですけど」

「えっ、本当ですか？」

「ええ、なにをするでもないんですけど。記憶障害のことがあるのでなにかトラブルになっているのではないかと心配して、いちど声をおかけしたんです。そしたら診察の待ち時間で、外の空気を吸いに来ただけだとおっしゃるから」

「それってどこです？」

話を聞くと、病院の敷地の外のようだ。ひょっとしてVIPルームを外から見張るためではないかと思ったが、部屋とは反対側になる。

愛梨はさっそくその場所に行ってみることにした。

病院の南側にある正門を出て、駐車場のフェンス沿いに回りこみ東側へ。中央線の無い幅四メートルほどの道を挟んだ反対側は住宅街で、昼間の人通りは少ない。

看護師が言っていた自動販売機が見えたが、いまは誰もいなかった。

重松はここでなにをしていたのか。見渡しても気になるものはない。

金網越しに病院の敷地内を見ると、業者用の駐車場と搬入口が見える。あそこから侵入を試みようと計画を練っていたのだろうか。しかし警備員が駐在しているし、入館のチェックは厳しく行われているようだ。

下見をして、一回で諦めたのなら合点もいくが、重松はここで複数回目撃されているという。

ならば……、と視線を巡らせる。背丈ほどに伸びたススキが邪魔で、愛梨は二十メートルほど進んで、また様子を窺う。

そこにジャージ姿の老人が歩いているのが見えた。見ると点滴スタンドを摑んでいる。入院患者か。

老人は駐輪スペースの横に設けられた屋根の下に入っていった。喫煙所があるようだ。タバコに火を点け、幸せそうな顔で天に向かって煙を吐いた。

そんなことを三回ほど繰り返したときだろうか。若い看護師が駆け寄ってきた。老人はあわててタバコをもみ消している。

「ダメだって言われているでしょ！　先生に言いつけますよ」

「老い先短えんだ、好きにさしてくれ」

そんなやりとりが聞こえてきて、愛梨は苦笑した。

それから念のために病院の敷地をぐるりと一周してみたが、気になる点はなかった。再び正門から入り、先ほどの喫煙所の周辺を回ってみる。

今度は敷地内から、重松がいたという自動販売機を眺めてみた。

「いや、肩身が狭いね」

振り返ると、外来患者か、右手にギプスをつけた男性が、別の入院患者に火を点けてもらっていた。

八畳ほどのスペースに灰皿がふたつ。どちらも吸い殻が溜まっている。

「あの、すいません」

喫煙者としていかに虐げられてきたかを自慢するような会話に割り込んできた愛梨に、ふたりは警戒の色を見せた。しかし愛梨がバッグから電子タバコを取り出すと、同志だったかと安堵したようだ。

かつては紙巻きタバコ喫煙者だったが、二年の禁煙期間を挟んで電子タバコに復帰した。だって、吸わずにはいられないようなストレスがあったから。

「あの、こちらの病院って、ほかに喫煙室とかあるんですか？」

愛梨を見舞いに来た患者の家族とでも思ったのか、ギプスが答える。

「いや、ここだけだよ。病院から見たら百害あって一利無しだってね」

入院患者が激しく同意しながら言葉を繋ぐ。

「だけどさ、精神的なストレス発散ってのも必要でしょ？」

「まあ、そうですよね」

「喫煙者は外来患者も入院患者もこんな隅っこに押しやられているよ」

「そうそう、ある意味公平だよな。議員さんであろうが、喫煙者はみんなここに閉じ込められるってわけだ」

うん？

「ちょっと、なんですって？」

眼が鋭くなった愛梨に詰め寄られた、ギプス男が怯んだ。愛梨は慌てて笑みをつくる。

「あ、いや、ごめんなさい。議員さんもいらっしゃるんですか？」

「ああそうだよ。ここでは、タバコを吸う奴は一般市民も議員さんも一緒ってことさ」

「その議員さんって、ここに入院している？」

「俺は興味ないから知らんけど、有名みたいね。ほら、表にマスコミ連中がいたでしょ。あいつらね、その議員さんを狙っているわけ。なんか悪いことしてるんだってね」

「へー、そうなんだ」

ギプスはスキャンダルに興味がないのか、適当な相槌をしている。

「前に見たときは帽子かぶって変装していたけどバレバレ。でも、喫煙者の肩身の狭さは分かるからさ、放置しておいてあげたけどさ——」

愛梨は最後まで聞き終わる前に駆け出すと、四階に戻って看護師長をつかまえた。ぶつかる勢いで飛び込んできた愛梨に、看護師長は軽くのけぞり、黒縁の眼鏡がずりさがった。

「確認なんですが、VIPエリアに喫煙室はありませんか?」

「な、ないです。完全撤廃したかったのですが、喫煙者の権利もあるとかで、駐輪場の横に一箇所だけ残されています」

「市川さんは喫煙者ですか」

師長は困ったような顔になる。

「そうなんです。入院中という立場なのに、ふらふらと出て行ってしまうんです。タバコは理性まで無くさせるんでしょうかね。ま、もっともホテル代わりに使っているだけ——あら、私ったら余計なことを」

愛梨は安心させるように頷いてみせると、茶色のガラスドアの奥を見た。いまは自分の姿が映り込んでいる。

重松はどんな気持ちでこのドアを見ていたのだろうか。ここから先には入れない。まるでふたりを身分の差で分ける、決定的な壁のように思えただろうか。

恋人の仇(かたき)はすぐ近くにいるのに手が出せない。しかし喫煙所ならどうか。そこは無防備といってもいい。

タバコを吸いにくる時間はわからない。さらにマスコミの目もある。簡単には出てこられないはずだ。

しかし、もし襲うとしたら、絶好の場所だ。

愛梨はその場を辞すると、考えを整理するようにゆっくりと階段を降りた。

市川が襲われたことはすでに報道されている。テレビでは解説者が収賄容疑と組み合わせて、あれこれと無責任に事件を語っている。

この状態でタバコを吸いに出られるのか。

……いや、だからこそか。

成田が逮捕されて、市川は安心しているかもしれない。そこに重松が市川を襲う機会が生まれるのではないか。

もし、重松が成田と共謀していたとしたら、そこまで考えているかもしれない。

一段、また一段と、階段を降りるごとに真相に近づいていくように思える。

市川には警告を出すべきだろう。問題は重松だ。いま、どこにいる。

茂(しげ)みから獲物(えもの)を狙う虎(とら)のように、しずかに息を潜(ひそ)めている。そんな気がした。

対策室に戻った愛梨は、福川に報告すると共に、市川に警告を出し、警護をつけるべきではないかと提案した。

「既に警告はしている。しかし、丁重に断られたよ。本人の強い希望でな」

市川は触れられたくない秘密を抱えている。収賄の問題だ。

「ひょっとしたら、警察側の策略ではないかと思っているかもしれない。警護すると言って、実は疑惑を調べられるんじゃないか、ってな。もちろん、自宅周辺などを『勝手に』警戒することは可能だが」

「市川議員を聴取するわけにはいかないでしょうか。収賄以外にも知っていることがありそうですから」

「やれるとしても任意だ。もしなにかを隠しているなら、応じないだろうな。警察が暗殺者を呼び込んだと息巻いているくらいだから」

それは警察を近づけないための口実ではないのかとも思うが、どうすることもできない。

「それで、重松の関与は強まったと考えるのか？」

「私は、そう思います」

「ならば聞くが、重松はなぜ敷地外にいた？」

え？

「喫煙所は屋外にあり、外来者も使える場所にあった。ならば敷地内で見張っていればいい。襲うつもりなら、金網を乗り越えるか、正門を回り込まなければならない」

確かに……。

「たとえば、市川に面が割れていて、距離を取りたかったとか」

「だが重松の目的が市川殺害のただ一点なら、面が知られていようがいまいが関係なくないか？」

「まだ、その計画段階とか……」

あれ？

愛梨は違和感に襲われた。ジグソーパズルのピースを、絵柄が似ているからと言って無理やり間違った場所にはめ込んでいたかのような気持ちの悪さだ。

「もし市川が喫煙所に行くことを知っているのなら、成田はどうしてわざわざあんな面倒くさいことをしたんでしょうか。しかも我々の目の前で。はじめから喫煙所で襲ったほうが何倍も難易度は低い」

「おいおい。成田と重松が共謀していると言ったのはお前だぞ」

「は、はい。すいません。自分でも混乱してきました」

福川は呆れたように後ろ頭を掻くと、おそらく彼の人生で一番長いため息をついた。

「青山、今日は帰れ。銭湯に行くでも、居酒屋に行くでもいい。一度頭をリセットしろ。ここ最近はいろいろあったからな。ゆっくり休め」

「しかし……」

「お前がいま言ったばかりだ。混乱していると。混乱を取り除くベースになるのは休養だ。脳を休ませろ。これでも頼りにしているんだからな」

言い返せずに、愛梨は頭を下げた。

確かに、重松そして成田の行動には違和感がある。物事すべてを収めるには、なにかが足りない。たった一個のピースを見つけるだけですべてがつながる。そんな予感はしているものの、そのピースがわからない。

渋谷はそのピースを見つけていたのだろうか。

愛梨の足は自然と日比谷に向かっていた。

ギャラリー内幸町で、理解不能な絵でも見てリフレッシュしようか。それとも行きつけの居酒屋にいくか。

しかし、どんな気持ちでその場にいるのか、自分のイメージが湧かなかった。

結局、自宅近くのコンビニでカップラーメンと缶ビールを買った。

捜査で駆け回っているあいだ、ろくに掃除などできていなかった。ビールを飲みながら掃除をし、ベッドに寝ころんだ。

天井の染みはいつからあったのか。

ぼんやり考えているあいだに、いつの間にか眠っていた。

はっとして目を覚ました。

時計を見ると十一時過ぎ。バラエティ番組を流していたはずのテレビは、いまはニュースになっている。

二時間ほど寝たのか。変な体勢で横になっていたからか腰が痛い。

風呂（ふろ）に浸（つ）かろう。

そう思ったとき、携帯電話に着信があったことに気がついた。いまから五分ほど前、吉澤からだった。気づけなかったくらい熟睡していたとは。

愛梨は伸びをしながら、吉澤に返電をした。

『ああ、あいちゃん、ごめんね。今日は帰宅したんだってね。さっき対策室に連絡して知ったのだけれど』

「どうかしたんですか？」

『あのさ。渋谷先生の意識が戻ったそうだよ』

待ちに待った言葉のはずなのに、聞き間違えようのないシンプルなことなのに、愛梨の思考は停止していた。

『あいちゃん？　聞こえてる？』

愛梨は何度も頷いていたのだが、声にはなっていなかった。

吉澤もそれを察したようだ。

『会いに行ったらいいよ』

電話を切って、それからしばらく、声を出して泣いた。重くのしかかっていたものが取れたはずなのに、身体に力が入らなかった。

しかし、涙を出しきってからの愛梨の行動は早かった。立ち上がってから一分後にはマンションを出て、国道四号線を横切る。郊外に客を送り届けたあと都心へ戻るタクシーは空車のランプを点けているものが一定数いる。

赤信号で止まったタクシーに乗り込み、病院へ向かった。

時間的に渋滞に捕まることもなかった。

救急の受付窓口で名乗り、当直の看護師に渋谷のいる病室に案内をしてもらう。静まり返った廊下を進む。

「もうお休みになっているかもしれません」

「わかっています。その時は出直しますので」

部屋につくと、いったん廊下で待つように言われ、看護師が様子を見に行った。ほどなくして再び顔を出した。

「お会いになるようです。でも手短に」

愛梨は頷いて、病室に足を踏み入れた。

消灯された病室を、ベッド脇（わき）の読書灯がささやかなオレンジ色で照らしている。

渋谷はベッドをほんのわずかに起こし、ぼんやりとした目で愛梨を見ていた。それまで着けられていたマスクやチューブはなく、いまは点滴がひとつ、腕に巻きついているだけだった。

どう話せばいいのか戸惑った。ゆっくりとベッドに近づき、渋谷の足元に立った。

「渋谷先生……」

やはりあとが続かなかった。

――大丈夫ですか？

いや、大丈夫な訳はないので別の言葉。

――痛いですか？

それはそうだろう。

――ゆっくり休めました？

言われた方が返答に困る。

「あの……」

渋谷がぼそりといった。

「どちらさまですか？」

「え？　ちょ、ちょっと渋谷先生。あたしです青山です」

「ああ看護師さんですか？　お手数をおかけしています。僕はどうしてここにいるのでしょう」

愛梨は鳥肌が立つのを感じた。

暗くてよく見えていないのかもしれない、とベッドの横に丸椅子を寄せ、顔を見せた。

「渋谷さん。青山愛梨です」

渋谷はきょとんとした目で見つめ返すだけだった。

記憶喪失？　うそでしょ。なんでよ……。

意識が戻ったという喜びの反動で、愛梨は途方もない、絶望に見舞われていた。訳がわからなくて、涙がこぼれそうになる。さっきまであんなに泣いたのに、なおも湧き出る涙があることに驚かされる。

ついに、愛梨はベッドの隅に突っ伏してしまった。

すん、すん、すん。

ん、なんだ？

愛梨は顔を上げた。それが鼻息を刻んではき出したものだと分かる。渋谷を見ると、鼻の穴をヒクヒクさせていた。

「渋谷、さん？」

渋谷が突然破顔した。

「びっくりしましたー？　いやいや、三途の川から戻ってきて、そしたら可愛い女性が訪ねてきたわけですよ。ちょっと見ないうちに綺麗になりましたよね。あと一日遅かったら青山さんだと知らずにナンパしちゃうところでしたよ——あれ、青山さん？　どうしました？」

愛梨は立ち上がったものの、腰が抜けて椅子に座りそこね、尻もちをついてしまった。そして、今日何度目かの涙をこぼした。

「あの、すいません。やりすぎました……ごめんなさい」

愛梨は額に手を当てて、落ちてしまいそうな頭を支え、渋谷を上目に見た。

メイクはとうに流れ落ち、目は充血。けっして美しいとはいえないが、半分はお前のせいだ、と思う。

渋谷は長めのため息をつくと、口角を上げて柔らかい笑みをつくった。

「ただいま」

愛梨は自然に渋谷の手を取っていた。

「おかえり」

もう力が抜けきってしまった、とふたたび突っ伏した。そして、妙な安らぎを感じ、目を閉じた。

はっと身を起こす。

渋谷はさっきと変わらぬ笑みを向けていた。

「えっ⁈　あたし、寝てた？　嘘でしょ？」

「たぶん、五分くらいかな」

ものすごく寝た気がする。それだけ頭がすっきりしていた。

「痛い？」

「ううん。でも、もうすぐ麻酔が切れるらしい。そしたらすげー痛いって。なにしろ、刺されたんだもん」

「ごめんなさい」

「ん？」

「あたしが、成田を引き入れてしまったから」

渋谷は天井を見上げた。

「そだね。このバカが」

へ？

「いろんな不幸が積み重なって起こったことだから、特定の人が悪いわけじゃない。でも、青山さんはそう言ってても納得しないだろうから言ってあげます。この、ばーか」

三日も意識不明だった人間が、目が覚めるやいなや、これだけの悪態がつけるものなのだろうか。生命の不思議さを感じずにはいられなかった。きっとＤＮＡレベルで、ユーモアと悪態が区別されていないのだろう。

「それで、いまどんな状況になっているの？」

「捜査は置いておいて、少し休んだらどうなんです？」

「もう、休みすぎましたよ。それに、どうせ気になって寝ていられませんから。構いません、教えてください」

愛梨は頷いた。そして、まるで久しぶりに再会した遠く離れて暮らす恋人と近況を語らうような口調で、渋谷が刺されたあの時から起こったことを、ひとつずつ、語りはじめた。

渋谷は口を挟むことなく、ゆっくり咀嚼するように、じっと耳を傾けていた。

渋谷が京都でなにを調べていたのか。そのほとんどは愛梨の考えた通りだったが、渋谷が眉間に皺を寄せたことが二回あった。

「え、成田さんは幻視を見ていない、そう言っているんですか？」

以前もそうだったが、渋谷は容疑者であっても、患者に対しては〝さん〟付けで呼ぶ。

「はい。市川に近付くための策だったそうです。まんまとやられました」

「ほんとに？」

「本人がそう言ってますけど」

「でも、私も『本人』から幻視を見たと聞きましたよ」

そんなこと言われても、と愛梨は降参するように両手を上げた。

「あともうひとつ。喫煙所に来ることを知っているのなら、どうしてそんなことするんです？」

そんなとは成田のことだ。襲うなら喫煙所でできたはずで、わざわざ幻視を見たと言って病室に乗り込む必要はない。

「それは、あたしも思ったんです。ひょっとしたら、成田と重松は別々に動いているんでしょうか。頭がこんがらがっちゃってるんです」

渋谷は体勢を変えようと身体をひねったが、傷が痛んだのかすこし顔をしかめた。

「成田さんは、再会した重松さんから真相を聞いたことは認めているんですよね？」

「ええ。それで復讐のためにきたと。ただ、重松とはそれっきりで、東京にきてからは会っていないと」

ふうん、と言った渋谷は、視線を床においてひとしきり考えていたが、ふっと顔を上げた。

「じゃあ、やっぱりふたりは共犯じゃないんだ」

「でも、ふたりとも共通する動機があります。それに重松はわざわざ紹介状を書いてもらって、市川のいるこの病院にきています」

「それにしては、ふたりの間で情報の共有がなされていない気がしませんか。それぞれが別々に動いているような印象があります」

確かに、そう思えば納得できることもある。

「でも……なにかしっくりきませんね」

「成田さんと重松さんの行動がですか?」

「はい。ふたりは真相を共有したけど、復讐計画のことは話さず、それぞれが胸の内に抱えて実行に移した……ってことですか」

「ないとは言えないと思うけどな」

愛梨はまた考え込んでしまう。そんなことがあるのだろうか。

「共犯ではないのなら、相野殺害事件を一から洗い直したほうがいいかもしれないですね」

共犯ではない……。

そのことが、この事件にまったく別の視点をもたらしそうで、なぜか怖かった。

渋谷がぱっと目を開いた。

「あ、あと、もういっこ疑問があった」

「なんです?」

「相野さんと市川さんが狙われた理由」

「それは、晃子さんを奪われたからです。重松にとっては恋人、成田にとっては娘とその母親まで不幸に追いやったからですよね」

「うん、そこ。そもそもどうして晃子さんは殺されたの？」

「京都府警の情報では、暴走族とトラブルになっていたって聞きましたけど」

「でも、重松さんは、市川議員と相野が犯人だと言っているんですよね？　その目で見たと」

「はい、そうですが。いま頃になって思い出すなんてことあるんですか？」

「あり得ます」

論なし、といったように頷いた。

「衝撃を受けることによって、記憶を完全に失うこともあれば、記憶を取り出せないだけのこともあります。重松さんの場合、覚えていなくても、その目で見ていたのなら脳のどこかに記憶されている可能性はあるんです。通常、脳はこの記憶をあとあと引っ張り出すために目印を付けて時系列に沿って保存するのですが、殴られ、意識を失っていれば、それができない」

「本人には、現場を見たという自覚がないまま時間が過ぎるわけですね」

「その通りです。しかし、重松さんはいま記憶障害を発症している。記憶障害は単純に覚えられないという病気ではありません。脳の活動が不安定になっているということです。つまり眠っていた記憶が出てくることもある」

「成田の症状とは違う？」

「脳機能の問題であることでは共通しています。しかし成田さんは加齢による認知症であるのに対して、重松さんは頭部への打撃による外傷性脳損傷です。それぞれが抱えている症状は、成田さんは幻視、重松さんは記憶障害です。どちらも記憶が関わりますが、根本的に異なります」

「記憶障害って、俗に言う記憶喪失ですか？」

「よくドラマなどに出てくる、事故をきっかけに『自分の名前を含めて過去を忘れてしまう』というものとは違います。記憶に纏わる障害——その症状の定義は多岐に亘りますが、重松さんの場合、情報の『記憶』と『呼び出し』が正しくコントロールできなくなっているんです」

渋谷は顔をしかめた。傷が痛むのではなく、重松のことを思ってだろう。

「辛い過去を背負っているとはいえ、重松さんは日常生活を送ることができていました。事件後、二十年の間、片時も忘れたことはなかったでしょう。しかし、彼女に関わる思い出が少しずつ消えていくんです。一番大切なものを、なす術なく失っていく。これほど辛いことがあるでしょうか」

それからしばらく真一文字に結んでいた渋谷の口が、ふわりと開く。

「記憶が消えていくその黄昏時に、フラッシュバック……彼女が殺される光景が蘇るようになったんです」

「フラッシュバック……」

「PTSD——心的外傷後ストレス障害と言います。頭の中で何度も再生され、その精神的なダメージが蓄積されていくのです」

しかし……。

「仮に、その光景が蘇ったとしてもですよ、それが実際にあったことだという証明はできるんですか？」

渋谷はもっともだと頷き、苦笑した。

「彼らは行動を起こした。それは京都府警に同じようなことを言われたからなんでしょ？」

愛梨は口ごもる。

確かに、同じだ。だから警察に幻滅して、復讐に走った。

深く、重いため息が漏れた。

「ねえ、渋谷せんせ……」

ふと見ると、渋谷は両眼を閉じていた。

やはり、体力的にこんな話をしている場合ではなかったのだ。愛梨とて、ただそばにいるだけでよかったのに、思わず熱が入ってしまった。

愛梨は渋谷に覆いかぶさるように腕を伸ばすと、スタンドのライトのスイッチをたぐり寄せた。

その時、渋谷がポソリといった。

「お姫様のキスで、王子様は目をさましましたとさ」

愛梨は思わず口角を上げた。

「永遠の眠りにつけ、このヤブ医者」

ようやく目覚めたひとに対して言うことではないなと思いながら、ライトを消した。

それから渋谷の額に、そっと唇を乗せた。

8

タクシーで自宅に戻ったのは日付が変わった頃だった。それからはどういうわけか寝付けなくて、実質的な睡眠時間は四時間あったかどうか。しかし心配事がひとつ減り、愛梨の足取りはいくぶんか軽くなっていた。

霞ケ関駅の階段を一段抜かしで駆け上がり、今日も猛暑が予想される太陽の下に飛び出すと、前を歩く有賀の背中を見つけて声をかける。

「おお、青山。渋谷先生、意識が戻ったんだってな」

「はい。目を覚ましたら覚ましたで、やっぱり面倒くさいひとです」

有賀は苦笑し、その笑みをわずかに残して言う。

「今日辺り、対策室は解散されて、俺らも月島署に戻るぞ」

「そうなんですか？」

「政治犯の疑いはなくなったからな。まあ、成田を病室に入れてしまった警察の不手際はまだ追及されるだろうが、いまは全面解決が先だ」

そこで有賀が立ち止まり、後ろにいた愛梨は衝突しそうになる。

「重松の件、どうなんだ。市川議員を狙っていると思うか？」

正直、わからなくなっていた。

その原因は、重松の不可解な行動にある。襲うつもりなら、喫煙所でできたはずだからだ。

「重松を確保してみないと、なんとも」

「そうだな。奴の行方を追おう」

それから有賀の言うとおり、対策室は昼までに解散となり、愛梨は捜査本部に戻された。

「河崎さん、お疲れ様です」

「お、おう」

「こちらの状況はどうですか」

月島署の正面で、河崎を見つけたのだが、彼はわかりやすいほどに取り繕った笑みを残して階段を登っていった。

ん、なんだ。思春期か。

しかし、本部に戻ってみると確かに空気が重い。

「あいちゃん、おかえりー」

こういう雰囲気だと、遠慮なく義父ぶりを発揮する吉澤の存在は、数少ないありがたいものに思えた。

「お疲れ様です。あの……なんか、あたし、やらかしました？」

吉澤は周囲に目を配ってから、顔を近づけた。

「成田の件だよ。公安があいちゃんを調べていたから、みんな警戒しているんじゃないかな」

さらっと言ったが、ちょっと待て。

「いま、なんと？」

「だから、成田が政治犯で市川議員の暗殺を企てたとしたら、刑事がその手伝いをしたんじゃないかと疑われたってわけだよ」

本庁の対策室に隔離されている間に、そんなことになっていたのか。

「とばっちりだけどさ、あいちゃんが福川一課長をたぶらかしたことにすれば、全ての責任を押しつけられて、警察としては被害が少ないじゃない？　だから、そっちに傾いたというか」

おいおい……。

ここで吉澤がいつもの人懐っこい笑みを浮かべた。

「というわけで、みんないろんなことが起こって混乱してるんだよ。噂だけが尾ひれをつけながら広がっている状況。捜査が落ち着けば、みんなもまた冷静になるよ」

「てことは、捜査はまだ落ち着いていないんですか」

「うん。成田の行動に疑問があるんだ」

捜査の仕事は、まず犯人逮捕。次にその裏付けをとり、そして起訴する。ここで捜査本部は役割を終えて解散、となるのだが……。

「ウラが取れないんですか」

渋い表情が声に表れる。

「そうなんだ。相野を呼び出した経緯や、親指を切り落とした理由や方法、携帯電話をどうしたのか、等々」

愛梨は嫌な予感がしてきた。

――相野殺害事件を一から洗い直したほうがいいかもしれない。

渋谷の言葉が蘇ってくる。

「そこっ、ふたりっ」

声がかかった。野田管理官が人差し指をクイックイッと曲げて、こっちへこい、と言っている。

愛梨は野田の前に立つと、気をつけの姿勢をとり、まずは報告した。

「管理官、本日より捜査本部に復帰しました」

「ああ、一課長から聞いている。捜査本部としては成田の行動確認に人員を投入したいが、お前らは重松を追うようにとのことだ」

なんで？　の表情を向ける吉澤に頷く。

「あとで説明します。それで管理官、市川議員への警護については聞いておられますか」

「事件はまだ終わっていないと警告しているが、警護は不要との回答だ。おそらく自分で警護員を雇うつもりなんだろう」

「危険は承知しているのに警察にはやらせないなんて」

「後ろめたいことでもあるんだろう。だが当分、市川には任意では触れられんだろう。警察に対する不信を大義名分にな」

その大義名分を与えてしまった愛梨は、密かに奥歯を噛んだ。

「了解しました。触れられるだけのネタを集めてきます」

それでもやるべきことはひとつだ。事件のカギを握っているであろう重松の行方を追う。


「重松を追うって、どこにいくつもりなの？」

月島署の廊下を大股で歩く愛梨の背中に吉澤が聞いた。

「病院です。市川の行動をリサーチしているような、そんな形跡があるんです」

「この暑いのに、張り込みはきついなぁ」

「デスク番に戻ります？」

「やれやれ、性格が悪くなったね」

どこか嬉しそうな吉澤を助手席に乗せ、愛梨は捜査車両をスタートさせた。

「ところで、渋谷先生はどうだった？」

「目が覚めてしまえば、いつもの、のらりくらりですよ」

不意に昨日の事が蘇った。

渋谷の額にキスを……したっけ？

雰囲気に流されたというか、つい。

「あいちゃん、どうしたの。顔が赤いよ。エアコンで風邪ひいた？」

なんてこった。次にどんな顔をして会えばいいんだろう。ひょっとしたら、あのとき渋谷は既に寝ていて、覚えていないかもしれない。

「あいちゃん？」

「外国だったら、ただの挨拶です！」

「ん、なにが？」

なにを口走っているんだ、あたしは。

愛梨は咳払いをして、窓を開けた。

「あいちゃん……暑いよ」

「ですよね」

吹き込んできた熱風に吉澤が不満の意を示し、愛梨は再び窓を閉めた。

「それであいちゃん。成田が自供しているこの段階においてもなお、重松を追うっていうのは、どういうこと？」

赤信号で停車すると、愛梨はペットボトルの水で喉を潤してから話しはじめた。

「市川への襲撃はまだ終わっていないと考えているんです――」

重松は病院の周辺を嗅ぎ回っている。紹介状を作らせて潜り込んだり、喫煙所を見張っていたり。行動の真意は謎だが、なにかしらの接触を画策しているのではないか。それは二十年前に恋人を殺した犯人が市川であり、それを自らの目で見たという信念に基づいている。

「なるほどね……。恋人が市川に襲われるのを見たというのが本当かどうかはともかく、それがこの事件の原点なんだね。でも、もし成田が重松の主張を聞いただけで相野さんを襲ったのだとしたら……相野さんは勘違いで殺されたことになるのかもしれない」

あり得ることだった。現時点で、重松の証言にはなんら信憑性がないのだ。

「はい。でも、彼らにとっては、もはや事実かどうかは関係ないのかもしれません。復讐さえできれば」

病院の駐車場に滑り込むと、ふたりは喫煙所とロビーを交代で見張ることにした。

まずは、愛梨が喫煙所に行く。太陽はまだ熱いエネルギーを放っていたので、日陰を捜すことからはじめた。

駐輪場の軒下に身を置き、喫煙所を見る。いまは誰もいなかった。さらにその周辺、フェンスの向こうにも目を配る。

長期戦になったら辛い。老体を労る意味で、暑いうちは吉澤にロビーを譲ったが、早くも交代したくなった。

時間が経つのが遅かった。汗が背中をつたっていくのがわかる。シャツが貼りついて不快の極みだった。

頭の中では、吉澤の言葉が巡っていた。

相野は勘違いで殺された――。

もしそうだとしたら不幸でしか無い。相野本人や遺族。それだけでなく成田もだ。

京都府警が晃子殺害の犯人を逮捕できていれば、すくなくとも相野は殺されなかったかもしれないと思うと、愛梨は同じ警察官として悔恨の念を感じずにはいられない。

それと同時に、相野が殺されてからしか動くことができない自分の立場に忸怩たる思いで地団駄を踏みたくもなる。捜査一課刑事として疑問すら持ってしまう。

だが……。

次なる事件を防ぐのも、警察に、そして愛梨に課せられた任務だ。

これ以上、犯罪者も被害者も出さない。それが、いま、サウナのような夏の空気の中に身を晒している理由だ。

刑事の仕事に〝無駄〟は数えきれないほどあったとしても、〝無意味〟なことはないのだ。そこに自分が意義を見出している限り。

バタン、と音がした方に目をやると、観音扉を押し開いて男が出てきたところだった。

市川だった。

一度顔を合わせたことがある愛梨は、柱の陰に身を隠した。

キャップを目深くかぶり、涼しげな麻のシャツを着ている。喫煙所の、腰の高さほどの壁に寄り掛かり、夏の空を見上げながら美味そうに煙を薫らせた。

警戒していると言って警察の警護を遠ざけた割にボディガードを連れているわけでもない。やはり警察を寄せ付けないための方便なのだろう。

ふと思う。愛梨が市川を襲撃しようと思ったら、いまは絶好の機会だ。もちろん、この時間は外来患者や業者などが多く出入りしているので、逃走途中で目撃される可能性は高い。正門にはマスコミまでいる。

だが、もし逃げるつもりがなかったとしたら？

そこで視線を巡らせ、はっと息を呑んだ。

フェンスの向こう、自動販売機がつくる濃い影の中に人がいた。

重松？

写真よりも痩せてみえる。だが、そうだ、あれは重松だ。

印象が異なって見えるのは、濃い眉と深い彫りがつくる陰に目が埋もれているからだろう。

だが、その目が市川を突き刺すように凝視しているのは分かった。

愛梨は携帯電話を取り出し、吉澤を呼び出すと、口を手で覆い、囁く。

「重松です。現れました」

吉澤は、ひとこと「いまいく」とだけ言った。

愛梨は身をかがめながら走った。

「吉澤さんは車を回してもらってもいいでしょうか」

それだけ言うと電話を切った。重松は足が速かったという証言もあったから、念のためだ。

焦る気持ちが足を速めさせる。重松がいるところに行くには、いったん病院の敷地から出る必要がある。一時的に重松に背を向けることになるので気が逸る。フェンスを回り込み、さらに走る。

よし、まだいた。

愛梨は目立たないよう徒歩に切り替え、ゆっくりと接近する。重松まで五十メートルほどのところで愛梨は足を止め、町内会の掲示板の裏に隠れると、重松を観察した。

茶色のポロシャツにジーンズ。そして、肩に下げているのは……クーラーボックス？　缶ビールが四本入るほどの小型のものだ。

よく冷えた缶ビールを想像して、急に怠くなってきた。汗を拭い、ふたたび注目する。

それにしても、重松はいったい、なにをしているんだ？

苦悶の表情。フェンスをつかむ右手は筋肉が隆起している。力のかぎりでつかんでいる。そうでもしていないと、すぐにでも飛びかかってしまう。そんな風にも見えた。

ただ、見ているだけでいいのか？

復讐をしたいんじゃないのか？

もしそうだったら、さっきまで愛梨がいた場所に隠れていればいい。五秒もあれば至福の煙をふかす市川にナイフを突き立てられるだろう。

吉澤の運転する黒いセダンが角を曲がり、こちらに近付いてくるのが見えた。

愛梨が手のひらを向けて、待てのサインを送ると、車はすっと路肩に寄って、まるでずっとそこにいたように止まった。

再び重松に視線を戻すと、さらに接近を試みた。十五メートルほど距離をつめると、汗が——いや泣いている？

頬を光るものが落ちていくのが見えた。

重松の心理状態が分からずに、愛梨はどうするべきか迷った。渋谷がいたら、なにか分かるかも知れないのに。

そこではっとする。

スマートフォンを取り出しカメラアプリを起動してビデオモードにする。そして重松の様子を撮影しはじめた。

いまは、両手でフェンスをつかみ、項垂（うなだ）れている。肩を震わせているのは、やはり泣いているからだろうか。

そこに少年たちが自転車を止めた。自動販売機で飲み物を買うためだ。当然、重松に好奇の目を向ける。

重松は両手で顔を覆い、顔を洗うようにして涙をぬぐった。

最後にもう一度、市川を一瞥（いちべつ）すると、愛梨とは逆方向に歩き始めた。やや間隔を開けて愛梨、そして吉澤が続く。

重松はまるで自宅があるかのように、迷いなく路地に入った。

「吉澤さん、しばらく泳がせます」

携帯電話を仕舞うと、愛梨も続いた。

駅に向かうのだろうか。ならば、最寄りは曳舟駅か。八広または東向島の可能性もあるなと思っていたが、明治通りに出ると北に向かいはじめ、国道六号線を横切ったところで、それらの選択肢は消えた。

どこまで行くつもりだ。

腕時計を見ると、もう三十分以上も歩いている。太陽もかなり傾いてきて、空はまだ明るいが、ビルに挟まれた明治通りは影の中だ。

重松は運動神経がいいという証言もあったくらいだ。このくらいはどうって事ないのかもしれないが、愛梨は蒸し暑い空気の中、かなり体力を奪われていた。

頭上の標識には〝白鬚橋〟の文字が出てきた。

このまま行けば隅田川だが……。

重松は墨堤通りの交差点を渡ると、見えてきた白鬚橋を渡らずに、頭上を横切る首都高速道路に沿って左に曲がった。

愛梨は携帯電話を取り出す。

「川沿いの遊歩道に入りました。手前の墨堤通りを左折してください」

『了解。しかしどこまで歩くつもりだ？』

「まったく想像できません。でも行動が謎過ぎる分、なにかがあるような気がします」

首都高速道路の下に設けられた堤防を兼ねた遊歩道は二段構造になっている。堤防の上にあたる部分と、いま重松が歩いている、水面に近い隅田川テラスと呼ばれる親水エリアだ。

堤防の上は首都高速道路が覆い被さっているために薄暗いが、テラスはきれいに整備されている。

重松は夕日を反射する隅田川にそって下流へ向かっている。

時折、川面を覗き込んだり、スカイツリーを見上げたり、散歩をする犬を目で追ったりと、はた目には近所のひとが夕涼みを楽しんでいるようにも見えた。

この隅田川テラスは、白鬚橋から両国までは約四キロ続いているが、どこまでいくのか。

見通しはいいので、愛梨は重松との間隔を五十メートルほどとりながら歩いていた。すると隅田川テラスを三百メートルほど歩いたところだろうか、重松は堤防に上がるための階段を登り始めた。すぐにでも追いたかったが、その階段はこちらに向かって上るように設置されていたため、愛梨は視界の隅で重松を捉えながら対岸に目をやって、気分転換に水辺を歩く仕事帰りのＯＬを演じた。

重松が階段を登り切り、塀のむこうに消えた。

愛梨はダッシュすると階段を駆け足で上る。そして堤防の上から覗き込んだ。

えっ、嘘でしょ⁈

左右どちらにも五百メートルは見通せるのに、重松の姿がない。

どっちだ？

すぐに目に入ったのは、首都高速道路の橋脚の間に作られた交通公園。その脇に小道があった。

愛梨はそこに飛び込むが、しばらく走っても人の姿はなかった。

再び堤防までもどり、左右を何度も見渡した。

上流側の白鬚橋、そして下流の桜橋（さくらばし）。約一・二キロある間隔のちょうど真ん中あたりにいる。他に脇道はないはずなのに。

白鬚橋方向から、主婦と思われる女性が自転車に乗ってやってきた。

「すいません！」

突然声をかけられて、主婦の自転車は大きくふらつきながら止まった。

「いま来られた方向に行く、茶色のポロシャツを着た人とすれ違いませんでしたか？」

主婦は、それでも真剣に思い出すような素振りをしたが結局は首を横に振った。

なんでよ、おかしいでしょ。

携帯電話を引っ張り出す。

「吉澤さん、重松を見失いました。いまどの辺ですか」

『えっ、見失った？　こっちは墨堤通り、明治通りから二百メートルほど入ったところかな。白鬚神社あたりで待機中』

「そっちに行っていませんか？」

『ちょっと待って』

車を移動させる音、十秒ほどして諦めたような声が届く。

『見通せる範囲にはいなそうだね』

「了解です。もう少し捜してみます」

愛梨は、桜橋方向に向かって歩き始めた。この辺りから、ブルーシートや段ボールでできたホームレスの住処（すみか）がつづいている。

すぐに職質をかけた方がよかったと思うも、いまさら仕方が無い。

落胆しながら歩き、何本目かの橋脚を通り過ぎる。ふと気配を感じて立ち止まった。はっとして横を向き、心臓が止まる思いをした。目の前に重松がいたからだ。冷たい目で、愛梨をじっと見つめていた。

吐息すら届きそうな距離だったが、ふたりの間には金網があった。ゴミの集積所か、放置自転車の保管場所だろうか。高さは二メートルほどあり、その上部は愛梨のほうに向かって有刺鉄線の返しがついていた。

ここを、乗り越えたのか……？

運動神経がいいと言われていたのを実感した。

重松の顔にはなんの感情も見てとれなかった。能面、といえばいいのか、表情を失ってしまったようだった。

しかし、その特徴的な大きな目だけは違った。冷たいのに、その眼底はどこか熱を帯びていて、そのまま見ていたら吸い込まれそうだった。

なにを言うべきなのか、戸惑っていた。

すると重松は、ふらりと自身の背後を窺った。その先にフェンスはない。首都高速向島入口のスロープに沿って道が延びていて、その先には墨堤通りが見える。

このフェンスを乗りこえるのは無理だ。かといって回り込むには、来た道を五十メートルほど引き返して交通公園の脇を抜ける必要があるが、その間に逃げられてしまうだろう。

重松の口が開いた。ハスキーな声だった。

「こうすれば、ゆっくりお話できるかなと思って」

愛梨は静かに唾を飲んだ。

「あたし、晃子さんのことを調べました。京都に行って、府警の専従捜査班からも報告を受けました。あたしは、市川と相野が事件に関わっている可能性が高いと思っています」

重松はやや俯いたが、目だけを愛梨に向けた。

「それでも、警察は動けないいんですよね？　だから自分で行動を起こしたんです」

「でも、復讐したところで晃子さんが喜んでくれるとでも？」

重松はややあって破顔した。

「晃子が喜ぶ？　彼女は死んでいるんですよ？」

ここで真顔に戻った。

「私はね、そんなセンチメンタルな理由で行動しているわけではない。自分のためにやっているんです」

「じゃあ、このまま市川議員を付け狙うんですか」

躊躇（ためら）いなく頷いた重松に愛梨はすがるように言う。

「時間をください。そして協力してください。必ず捕まえてみせます」

重松は小首を傾（かし）げ、愛梨を値踏みするように眺めていたが、やがて小さく鼻息をついた。

「失礼ながら、警察は無能です」

「確かに犯人を捕まえられないまま二十年という月日が流れましたが……でもいま、こうやって——」

「それじゃない」

遮った。そして愛梨の理解を試すように眺めたのち、口の端で不敵に笑った。

「相野を殺したのは成田さんじゃない。私ですよ」

えっ、えっ？

「な、なにを……言っているんです」

重松は無言でクーラーボックスのジッパーを開けると、詰め込まれた氷の中からビニール袋を取り出した。

それを見て愛梨は思わず口に手を当てた。そうでなければ悲鳴を上げるところだった。

「お分かりですよね。相野の親指です」

身体から、すーっと血の気が引く。背筋を氷で撫でられているような感覚に耐えるのに必死だった。

「ど、どうして、そんなことを」

「ガードの堅い市川を追い詰めるため、相野の携帯電話が必要だった。指紋認証ですよ」

「しかし、犯人だという確証もないのに」

「自分が見たという事実の他になにが必要なんですか。私を金属バットで殴ったのは相野です。その後、動けない私に駆け寄った晃子を引き剝がした」

冷静さを無理やり保とうとしているのか、重松の表情が歪む。

「晃子に腕を嚙み付かれた市川は逆上してバットで殴りました。そのあとも、倒れた晃子をふたりで何度も殴っていました。その時の卑劣な笑い声まで蘇りますよ」

法の裁きを受けさせたいと思った場合は客観的な証拠が必要になる。しかし裁判を必要としていないなら、それは揺るぎない行動原理だ。

ならば、あたしは重松を止められない。どんな説得も無力だ。

重松はポケットからスマートフォンを取り出した。

「京都府警が動けなかったのは、ある程度理解できますよ。彼らが行動するにはそれなりの根拠が必要だったでしょうから。でも、それも見つけましたよ。この中にね」

先ほどのスマートフォンが重松の手のひらで踊っていた。

「その中には、なにが？」

「市川とのやりとりです。どうやら彼らは私を殴った時、死んだと思ったようです。命をとりとめていたことを知ったときは驚いたんでしょうが、記憶を無くしていたんでね、下手に騒がずに放置したんです」

「そのことが、携帯電話に？」

「ええ。私が相野に圧力をかけたあと、頻繁にやりとりをしていましたよ。ま、いまさらなんですけどね。ここに置いておきますから、あとで回収してください。指もスマートフォンを解除する時に必要ですから、忘れないで」

そう言ってクーラーボックスを足元に置き、その上にスマートフォンを載せた。

「これが、奴らの悪事の証拠になるのかはわからない。だけど、もう、どうでもいいや。それじゃ」

背を向けた重松に愛梨は追いすがるように叫んだ。

「待ってください！」

重松は肩越しに振り返る。

「もう待ちましたよ、二十年もね。だけど、もう、時間がないんですよ」

時間？　なんのことだ？

そのことを尋ねようとしたとき、重松が言った。

「ストロボライト」

「え？」

「暗闇をパッと照らすやつ。知ってます？」

重松は片手を開いて見せて、パッ、を表現した。

「不思議ですよ。あれって動きを止めてしまうんですよ。雨粒を空中で止めるだけでなく、天に昇らせることもできる」

そういう動画を見たことがあった。本来、ストロボライトは写真撮影の際、暗い場所でも被写体をくっきり明るく見せることを目的につくられた。

これを高速で点滅させると、残像現象により雨粒が空中で止まっているように見えたり、点滅の速度を調整することによってゆっくりと落ちるようにも、重力に逆らって昇っていくようにも見せることができるのだ。

「ストロボライトに照らされた被写体は、輪郭をくっきりと残して止まって見える」

重松の声は深い井戸の底から絞り出されたようだった。

「晃子のね、頭にバットを振り下ろすところがね、止まって見えるんですよ。パッと光って」

フラッシュバック……渋谷が言っていたPTSDの症状だろうか。

頭痛が襲ったのか、重松は顔をしかめ、左の掌底をこめかみに当てる。

「思い出はね……消えていくんだよ。だけど、その場面だけはストロボライトで照らしたように、鮮明に、強烈に浮かぶ……」

愛する人が殺されるところが何度も出てきたら……。

「辛い、ですよね」

重松は首を横に振る。

「その残像はね、自分がすべきことを迷わせないから」

「で、でも、殺したら真相は闇の中です。あなたたちのことも、なかったことになってしまう」

「どのみち、忘れられてしまうんですよ。どんなに大事件でもね。マスコミだってそうだ。一時騒いでも、すぐに別の事件に移る。芸能人の不倫とか、そんなくだらないことに上書きされる。それも世間が望んでいるからなんです。晃子のことは誰にも響かない。誰の記憶にも残らない。だから、私にとって裁判なんて意味はないんですよ」

「かならず動きますから！　私がかならず辿り着きますから！」

重松は、無理な願い事をされたように、目を伏せながら首を横に振った。

「私には時間がない」

「時間ってなんなのですか?!」

「私はね、記憶障害なんですよ。晃子のことが、だんだんと思い出せなくなっているのを感じるんです。毎晩、眠りにつくのが怖い。朝起きたら、彼女のことを忘れてしまっているんじゃないかって。そしたらもう自分ではなくなる。そして、いつかそれを不思議とも思わなくなる。それが怖い。だから、晃子がここにいてくれる間に――」

胸に手を置いた。

「晃子が自分の中にいる間に、すべてを終わらせたい。時間がないというのは、そういうことです」

「で、でもっ。あっ、私、良いお医者さんを知ってます！　変人だけどその筋ではけっこう有名で――」

重松は、今度は本当に愉快そうに笑った。まるで、笑いから遠ざかり過ぎて、うまく笑みを作れないといった感じだったが、さっきまで鋭かった目は、いまは穏やかだった。

「あなたは良い刑事さんだ。がんばってください」

そういって踵を返した。

それから徐々にスピードを上げ、大きなストライドで走り去った。

しばらく唖然としていたが、はっとして吉澤を呼び出す。

「いま墨堤通りに向かって走り去りました！　見えますか？　首都高向島入口付近！」

『えっと……。ああーっ、後ろか！　くそっ』

サイレンの音が、しばらくあちらこちらに反響していたが、それも止んだ。

『住宅街に紛れ込まれた。残念だが、追跡できない』

あのあたりは細い道が入り組んでいる。車では難しいが、かといって吉澤の足ではなおさら追いつけない。

愛梨は深いため息をついた。

「証拠品を確保しました。鑑識を呼びます」

捜査本部の電話番号を表示させたが、通話ボタンを押せず、その場にへたり込んでしまった。

重松の覚悟は揺るがないだろう。なんとかして罪を犯す前に身柄を確保したい。だが心のどこかで、復讐を遂げさせてやりたいという思いがくすぶっていたことに自分でも驚き、バランスがとれなくなってしまったのだ。

あの決意の前に、我々にはなにができるのだろう。

背後では、ビルに隠れた太陽がつくる本日最後の芸術が、空に広がっていた。

「馬鹿野郎！」

捜査会議室。野田の横に立っていた福川が怒鳴った。

「なぜ応援を呼ばなかった！　反対側に刑事を回していれば袋の鼠だっただろうが」

「申し訳ありませんでした」

「市川が殺されたら、葬式で遺族にそう言ってやるんだな！」

なにを言われても申し開きはできない。

「なぜ職質し、任意同行を求めなかった？」

野田の、静かだが鋭く尖った声が胸を貫通する。

「病院で重松を発見したとき、その場でクーラーボックスを確認していれば言い逃れもできなかった。吉澤さん。あなたもそうだ。指導担当ですよね？　捜査技術の伝承の話はどうなったんです？」

「誠に申し訳ありません」

野田もいまとなってはしかたがない、といった様子だ。

「ですが」

「うん？」

「申し訳ないと思うのは、取り逃がしたことです。私がもう少し後方で待機していれば、走り出してきた重松の正面に出られたはずでした。しかし実際はバックミラーで確認したのちにUターン。あまりに差が付きすぎてしまった」

「なにを言い出すんですか」

「重松の足の速さは予想以上でした。二メートルの有刺鉄線付きのフェンスも乗り越えたくらいですから、運動神経はかなり良いんでしょう」

ここで咳払いをした。

「もし病院で職質をかけていたとしたら、簡単に逃げられて、そしたら証拠品も手に入らなかったかもしれない。と言うわけで、青山巡査の判断は正しかったと思います」

野田が口を半開きにするのをはじめて見た。絵に描いたような『唖然』だった。

「あ、ちなみに、これは青山巡査が私の義理の娘だから肩を持っているわけではないですよ」

　いや、義理の娘でもないのだが。

　そこに、背後からくぐもった笑いが聞こえた。福川だった。

「管理者が一番恐れるのは、引退間近のベテラン刑事と言われる。吉澤さんもその域に入りましたか」

　福川は苦笑しながら野田の横に腰掛けた。

「でも吉澤さん、そういう『口の達者』の技術は伝承してもらいたくないなぁ」

「すいません」

　しかし悪びれている様子はなかった。

　確かにこの手の古参刑事はめんどくさいのかもしれない。

　福川の視線が愛梨を捉えた。

「もちろん、お前だからこそ重松に近づけたということはあるだろう。失敗しても次に生かせればいい」

　愛梨は顔を上げる。しかし福川の顔は厳しいままだった。

「――ということにはならんのだ。ことに命がかかっているときはな。次はないかもしれんのだから」

　再び頭を下げた。

「刑事に失敗は許されない。だから常に組織で動くことを忘れてはならない。我々が分岐点に立ったとき、お前の判断で捜査本部の行き先が変わることもある。その先にあるのはなんだ。少なくとも静かに収束するストーリーには思えん。誰かが血を流すことにすらなる」

なぜあのとき、すぐに吉澤を呼ばなかったのか。自分は、重松と話したかったのか。話せば分かってくれると思ったのか？

自問したところで、答えなどない。刑事の本能に従ったとしか、説明できない。

「市川議員からは猛烈な抗議が入っている。自分を狙う殺人者を目の前にしながら取り逃がしたんだからな」

愛梨は頭を深々と下げた。

「申し訳ありませんでした。全力で阻止します」

「ああ、当然だ」

重い声に、背筋が伸びる。

「なにせ、市川は二十年前の京都の殺人事件に絡んでいる可能性が高いからな」

下がっていた頭が、ぴょんと跳ねる。

「本当ですか⁉」

「相野のスマートフォンの解析を進めているが、たしかに両者の間でそれを匂わせる会話がされている。しかし、だからといってすぐに証拠として採用はされない」

いまは単なるテキストだ。これを裏付ける事実が必要だ。

「このあたりのやりとりについては土地勘がないとわからない文脈もある。お前から京都府警に協力を頼んでくれるか」

「了解しました。それで、成田は？」

「重松がお前に話したというのが信じられないといった感じだったが、いまは相野殺害の自供も崩してきている。おそらく重松をかばってのことだったのだろう。したがって、容疑を市川に対する殺人未遂と、渋谷先生への傷害に切り替えている。しかし、全貌解明の道はまだ長い」

「あの、共犯ではないんですか？」

「ああ、重松から殺害計画を打ち明けられた成田は後を追ってきたようだ。駆けつけた時は相野が刺された直後だったらしい」

「それで、これ以上罪を犯させないために市川を？」

野田は渋い顔をした。

「それが、どうもしっくりこない」

「どういうことでしょうか」

「いやな、本人は殺意を認めているし、なにかを誤魔化そうとしているわけでもなさそうなんだ。ただな、ひっかかるんだ」

「嘘をついている？」

「いや。ただあいうタイプの人間ははじめてだ。俺たちには見えない世界が見えているような」

そこではっとした。野田も同じ考えに至ったようだ。

「幻視、ですか」

「ああ。あいつは、いったいなにを見たんだ？」

9

鑑識課の技術者によって相野のスマートフォンから吸い上げられたデータを山代に送り、内容の精査を依頼した。

『こりゃ、たまげたな、あの姉ちゃん――って言っていました』

電話口の小鳥遊が、そのデータを見た時の山代の第一声を再現した。

『すいません、山代さんはあちこち飛び回っていて。どうやら府警の全課員を総動員するつもりです』

そこまでしてくれるのが嬉しかった。

「証拠になりますか?」

『これ自体の有効性はわかりませんが、これをきっかけにして、今まで断片的に集まっていた情報がひとまとまりになりつつある、と言えばいいでしょうか』

紙をめくる音が受話器から漏れた。

『いま確認できることとしては、どうやら土地の売買が発端になっているようです。それが市川の父親まで絡んでいるようなんです』

そんなに根深いのか……。

「お願いしておいて申し訳ないのですが、どれくらいかかりそうでしょうか」

『山代さんのおかげで援軍が集まりつつあります。数時間で一次報告できると思います』

「助かります。よろしくお願いします」

『あ、そうだ』

電話を置こうとしたとき、大切なことを言い忘れていたとばかりに声が飛んできた。

「は、はい」

『もうひとつ。山代さんは滅多に人を褒めないのですが、青山さんにはベタ惚れです。ことあるごとに言ってきますよ』

激しい嵐の合間に訪れた一時の陽光を浴びたように、愛梨は弛緩した。

「うれしいです。よろしくお伝えください」

受話器を置いた愛梨は、再び嵐の中に飛び込むように、そっと息を吸い込んだ。

捜査会議室の後方、デスク要員が席を寄せるエリアに、吉澤を見つけた。愛梨が声をかける前に吉澤が気づいて手を上げる。

「あいちゃん。ちょうどいま連絡があった。市川が明日退院するらしいよ。念のため、明日は警戒態勢を敷くようだけど、僕らも駆り出されるみたい」

「了解しました。狙うならそこしかないですよね」

吉澤は深く頷いて、同意を示した。

「ただね、ただでさえマスコミが多いのに、明日はもっと大変になる。そんな中で襲うかな」

確かに、襲うつもりならもっと早いタイミング、たとえば昨日などはほぼ無防備だったのに、ただ見ているだけで襲う気配はなかった。

ただ、ひとつ気になることがあった。

——ストロボライト。

多くのマスコミの前で市川を刺せば、それは中継され、大きな衝撃を世間に与えることになる。

世間から忘れられることに嫌悪感を持っていた重松なら、そのためにこのタイミングを待っていたのでないか。

「あたし、病院に行ってきてもいいですか」

「警備の下見、ってわけじゃないね」

「はい。重松のこと、渋谷さんからも意見を聞いておきたいんです」

「わかった。僕はここに残ってなきゃいけないから。なにかあったら連絡して」

愛梨はバッグを肩にかけると、陽光の中に飛び出した。

病院に着くと、以前よりも多くのマスコミが押し寄せていることに気づいた。先日の襲撃事件が大きな波紋を呼んでいるのだろう。

成田の供述のウラ取りが思わしくなかったので、警察はまだその動機などを発表してはいなかった。それもあって、大半のマスコミはもともとあった不正疑惑との関連を勘ぐるに至っている。

混乱を避けるためマスコミには専用の待機エリアが設けられていたが、ロビーに入ると、カメラこそ持っていないが、明らかにマスコミ関係者と思われる人間があちらこちらに見られた。暑さを逃れるためでもあるだろうが、むしろ情報を逃さないために目を光らせている、そんな様子だった。

廊下を進んでいると、ちょうど、渋谷の病室から出てきた看護師とすれ違った。まだ若くどこか素朴な印象の女性だったが、なにかの記録表だろうか、バインダーを胸に抱え、うつむいていた。しかし、いまにも崩れそうな微笑みを浮かべていた。

愛梨は唖然としてその看護師を目で追った。すると横から出てきた別の看護師となにやら話すと、今度はふたりして楽しそうに小走りで廊下を曲がって消えた。

なんだ？　渋谷は女子をたぶらかして遊んでいるのか？

なにしろ、ひとの心を覗ける奴だ。ちょっとした隙間を見つけて入り込むことくらい容易いだろう。

だんだん腹が立ってきた。

その感情が顔に出ていたのかもしれない。対面した渋谷は警戒するような顔をしていた。

「ど、どうしたんです」

いまは半身を起こすことができるようになっている。膝の上に置いているのは『全国秘湯巡り』という旅雑誌だ。

「温泉にでも行くんですか」

「あ、いや。暇だから、ロビーから雑誌を持ってきてもらうんですよ。それで、今日はこれ」

「へえ、若い看護師さんとそうやってコミュニケーションをとるんですね。美肌の湯があるから一緒にどうですかーなんて」

「あの……さっきからなにを言っているんです？」

「いい歳をしたオヤジが見苦しい、って言っているんです」

「ほんと、なんなんです」

「いいから。はい、仕事しますよ」

「えっと、僕は傷病休暇ってことになっていません？」

「なっていません」

はなから渋谷に体力仕事は求めていない。頭が回るなら働け。

愛梨はスマートフォンを取り出すと、渋谷に手渡し、椅子を寄せて座って反応を待った。

「これって……あ、ひょっとして、重松さん？」

「そうです。この病院の横で撮影したものです。彼の視線の先には市川議員がいます。ちょうどタバコを吸っているところです。過去にも数回、同じようにしていた可能性があります」

「でも、なんか様子がおかしいですね」

「そうなんです。どう思いますか」

「どうと言われても……。具合が悪いわけじゃないんですよね」

「この時はわかりませんけど、このあと三十分以上歩き、二メートルのフェンスを乗り越え、全力疾走して追跡を振り切っています」

渋谷は何度も繰り返して再生していた。

「重松さんって、市川議員を狙っている——んですよね？」

「そのはずです」

「そうかあ」

「なんですか、その『そうかあ』は」

渋谷はいつも、こうやって意味ありげなため息をつくのだ。そのくせそのわけを教えてくれない。

「思ったことがあったら確証がなくても言って下さい」

傷が痛むのか、楽な体勢を探して身体(からだ)を捻(ひね)った。

「あくまでも印象ですよ、個人的な」

「構いません」

「捜査の参考になるようなものではないかもしれないので恐縮なのですが——」

「いいから言えっ！」

　愛梨の剣幕に、渋谷は引き気味に口を開いた。

「なんとなくですが……憎しみの感情ではない、と」

「市川を憎んでいない？」

「いいえ、少なくとも、この動画に映っている重松さんは……悲しみ……いや、そうだ、贖罪だ」

　罪の意識を抱えている？　市川を見ながら？

「すいません、わかりません」

　愛梨が答えを求めて渋谷を見たときだった。いきなりドアが開いて看護師が入ってきた。

「せんせー、これを……あ、ごめんなさい」

　愛梨の鋭い視線に迎え撃たれた看護師は、髪の毛を耳にかけ、モジモジとしたあと、頭を下げて退室した。

「なんなんすか」

　愛梨の口調もぶっきらぼうになる。

「え……あれ、麻酔が切れた。痛い痛い」

　シーツの中に潜り込もうとする。

　逃がすか。

「なんなんですか、と聞いています」

「看護師さんと話すこともありますよ」

この緊迫した状況でそんなことにうつつを抜かしているのが気に入らないのだ。更に言うと、刺された渋谷を本気で心配し、目を覚ました時はうれしかった。そのどちらでも泣いた。

そして額に口づけをしたのは、とても大切な存在だと気づいて愛おしかったからだ。

それを、踏みにじられたように思えた。

「ああ、痛ぃ……なぁ」

「仮病ですか」

「じつは、一日中痛いんです。痛み止めはすぐに効果がきれちゃうし、回数も決められているから」

「さっきまで普通に話していたでしょうが」

「我慢してたんです」

「それなら、いまも我慢してください」

背を向け、シーツを身体に巻き込む。そしてなにかを言った気がした。

「なんです？」

「痛がったら、優しくしてくれるかな、と……」

四十過ぎたオッサンの言うセリフではない！

そう思いつつも、愛梨は自分の声がトーンダウンしてしまうのを他人事のように感じた。

「それで、贖罪ってなんですか。重松はなにか罪を？　もちろん、相野を殺害した件がありますが、それに対して罪の意識はなさそうでしたよ」

渋谷はくるりと顔を向けた。

「話したんですか？　重松と」

「ええ。金網越しでしたけど」

それから、重松と向かい合った時のことを話した。

渋谷は考え込んだり、驚いたりしながら、愛梨の話に耳を傾けた。最後には、また半身を起こし、腕を組んでいた。

「世間にインパクトを与えることで、皆の記憶にとどめたい。『ストロボライト』のように？」

「だから、マスコミのいる前で襲うのではないかと……あり得ますか？」

渋谷は頷いた。

「いままでチャンスがあったのに襲わなかったのは、そのためだと……あると思います。あと、時間がないって言ったんですよね？」

「ええ。晃子さんのことを覚えているあいだにすべてを終わらせたい、と」

廊下を駆け抜ける音がした。

気のせいかと、また渋谷を見る。

「それで、さっきのは？」

まるで浮気の言い訳をするような顔をする。

「別に怒っていませんって。怒る理由もないし。私には関係ない話ですから」

それならそれで、渋谷の眉尻が下がって寂しそうな顔になる。まるで捨てられた子犬のようだ。

「さっきの子、まだ若かったでしょ？」

「ええ、とっても。犯罪レベルです」

「ちょっとお……」

「それで？　間違いなく若かったですよ」

「看護学生なんですって。仮免許みたいなものです」

「はぁ」

「それでね、医療行為はまだできないけど、身の回りの世話をしてくれるからちょっと話したんですよ。時間がなくて勉強が進まないって悩んでいたから」

「教えてあげてたんですか？　個人授業？」

なんか、やらしいな。

愛梨の怪訝な顔を見て取ったのか、慌てて首をふり、激痛が走ったのか顔をしかめた。

「まったく。おとなしくしてくださいよ」

のろのろと横になるのを手伝ってやる。

「学習効果を下げるのは、疲労や睡眠不足もありますが、それ以外にも精神的な要因も多いんです」

「悩みごととかがあると、覚えられないみたいな？」

「そうです、そうです。成功へのプレッシャー、周りの人から取り残される不安。そういったものが学習効果を低下させます。僕ができるのは、話すことによってそれを取り除いてあげること」

ふうん、と納得したとき、また廊下を誰かが走り抜けた。

「なんでしょう」

愛梨はドアから首を出してみた。他の病室からも何事かと顔を出している。

廊下の先を、さっきの看護師が飛び出してきた。愛梨を見るなり駆け寄ってくる。

「あっ、部屋に入っててください！」

「どうしたの？」

「刃物を持った男が人質を取ったらしくて」

「えっ！　どこ？」

愛梨は警察手帳を取り出して見せたが、見るのがはじめてなのか困惑している。

「警視庁捜査一課の青山です。落ちついて」

看護師は呪縛が解けたように、まくしたてた。

「一階の関係者入口です。退院された議員さんが――」

「市川議員⁈」

「そ、そうです」

愛梨は部屋に戻ってジャケットを掴んだ。

「愛梨さん」

名前で呼び止められた。

「動けなくてごめんなさい」

「なに言ってるんです。動いちゃダメです」

「愛梨さん」

「なんですか？」

「気をつけて」


廊下を走りながら電話をかける。

「お義父さん！　市川が！」

『こっちもいま緊急通報を受信した！　所轄が向かっているけど、こっちも今から出る！』

エレベーターのボタンを押すが、遅いと踏んだ愛梨は階段へ回る。

「退院は明日じゃなかったんですか」

『気が変わったか、そもそも警察を欺こうとしたんだろう。あいちゃん、いま病院？』

「はい、いま現場に向かってます」

『応援が来るまで下手に動かないで！』

「そこは臨機応変に」

そこで電話を切ると、太陽の下に飛び出し、細めた目で現場を探す。

テレビや週刊誌などの記者たちがつめかけて、黒山の人だかりになっているのを見つけて突進する。

病院の西側入口には関係者用の車寄せがあるため、正面で待ち構えるマスコミを尻目に退院できると市川は思っていたようだ。

そこを狙われた。

幾重にもなった人の輪をかいくぐる。すると、台風の目のように、中央にぽっかりと空いた空間に飛び出した。

重松がいた。市川の背後から太い右腕を回し、首を締め上げている。ナイフを持った左腕を真っ直ぐにのばしたままぐるりと回り、皆を遠ざけていた。決して闇雲ではない。冷静に周囲を観察しながら、徐々に輪を広げさせていく。

「みなさん、離れてください！」

愛梨は叫びながら、まるで結界が張られたような輪の中で、重松と対峙した。

重松は愛梨を見たが、来ることがわかっていたのか、表情を変えなかった。市川を締め上げたままゆっくりと横に歩き、レンガが円形に積まれた花壇に上った。手入れがされておらず、生えているのは雑草のみだ。

演者のように、三十センチほどの高みから集まったマスコミを、そして愛梨を見下ろしている。その目はやはり冷静だった。

復讐心に追い立てられたり、焦ったりする様子も見られない。まるでごく当たり前のことを実行しているといった感じだ。

「重松さん、ナイフを下ろしてください」

その声が思いのほか響いて、周囲が不気味なほどに静まり返った。新たな展開に皆が注目している。

「ありがとう。あなたと話したおかげで、自分のすべきことがわかった」

そこまでは穏やかな声だった。

振りほどこうとした市川の喉元に切っ先を当てて大人しくさせると、ふっと息を吸い、叫んだ。愛梨ではなく、マスコミに向かって。

「おれは、この市川に人生を壊された。最愛の人を殺されたんだ！　それなのにこいつはのうのうと生きてやがる。その理不尽を伝えたかった！」

愛梨は重松の意図を探ろうとした。

誰かが叫んだ。

「裁判にかけろ！　やり方が間違ってるだろう！」

重松はその声がした方を一瞥した。

「忘れさせないためだよ。あんたらマスコミもそうだ。一時の間は騒ぎ立てるが、イナゴのように次のネタへと飛び移る。なんの責任も負わない！　警察もだ！　捜査しているといいながら一向に進まない！」

愛梨は一歩前に出る。

「市川議員が怪しいと思うなら、聴取すればいい。私も捜査に加わります」

「間に合わないんですよ。晃子が私の中にいる間じゃなきゃ、意味がないんです」

愛梨に対しては、諭すような穏やかな声だった。

応援部隊の到来を告げるパトカーのサイレンがどんどん近くなっている。

しかし、追い詰められているのは、むしろ愛梨のように感じられた。

「いまは、まだ彼女はいてくれています。いましかないんです」

ナイフを持つ左手の筋肉が隆起したように見えた。

「待って、お願い。話を聞いて」

そうは言っても、何を話せば重松の心に響くのか、まったくわからなかった。

重松が、やや顔を上げ、軽く目を閉じた。

「ああ、よかった。この瞬間にいてくれて」

なんだ？　なにを言っている？

晃子だ。彼女が記憶の中にいることを確認したのだ。

いずれにしろ『その時』は近い。

「みんな忘れちゃう。自分ですら、忘れそうになっていた。それが怖かった。だから、自分が忘れてしまっても、皆の記憶に残したいと思った。ストロボライトのように、鮮明に」

市川の喉元にあったナイフがすうっと離れ、頭上に振りかぶられた。

その瞬間、愛梨の脳内を電気が貫いた。どこかで感じていた違和感、辻褄の合わなさ。

それらが理屈を超えてつながった。

そして、ようやく重松の意図を理解するにつけ、自分が思い違いをしていたことも……。

「だめっ！」

愛梨はとっさに地面を蹴った。しかし太陽が反射し、まばゆく光るそれが軌跡を残しながら振り下ろされ、重松自身の胸に刺し込まれていくのを止めることはできなかった。

まっすぐ膝を落とす重松を愛梨は抱え込んだ。一定の距離を保っていたマスコミ、様子を窺っていた警察官らが殺到した。

「重松さんっ！」

花壇からずり落ちそうになる身体を慌てて支える。名前を呼ぶが、重松は細めた目で、空を眺めているだけだった。

その穏やかさは、まるで草原で寝転ぶ様相だったが、胸に突き刺さったままのナイフだけが異様だった。

駆けつけた警察官も身体を押さえ込むが、凶器を回収するわけにはいかなかった。ナイフを抜いてしまうと、大量出血を起こしてしまう可能性が高いからだ。

結局、ナイフを摑んでいる両腕を警察官が押さえたまま、駆けつけた病院関係者とともに担架に乗せることになった。

その一連の出来事が夢のようで、それこそ幻覚をみているように思えた。

重松が運ばれるまで、二分もかからなかった。騒ぎに気づいたとき、血が流れずには終わらないと思った病院関係者らが待機していたからだ。もっとも、そのときは市川を救命することになると思っていたのだろうが。

重松は、最後まで晃子の思い出を守りたかったのだろう。あれが、記憶を奪う病に対抗する唯一の手段だったのだ。

愛梨はどう反応していいのかわからなかった。

悲しみ、怒り、失望。そんな感情が入り混じり、複雑な表情で固まっていた。

そこに無粋な声が響いた。

「救急なんていらん。延命もせんでもええのに」

秘書たちに抱え込まれた市川だった。迷惑そうな、声だった。

「お、おい、あんた。あいつを知ってるようだったな。警察が生ぬるいからこんな騒ぎになるんじゃないのか」

市川に対する怒りで、愛梨は冷静さを取り戻した。ゆらりと立ち上がり、尻もちをついたままの市川を一瞥した。

「生ぬるいのは、議員のほうではないですか」

そう言って市川の失禁した股間を視線で示すと、踵を返した。

10

台風の接近による影響で、日中を通して本降りの天気だった。夕方の捜査会議に集まった刑事たちはそのなかを歩き回っていたこともあり、ズボンの裾を濡らしている者が多かった。

刑事たちの顔は引き締っていた。いま自分達が、追っていた事件の最終局面に立ち会っており、間違いが許されない状況であることを悟っているからだ。

最後の一手を間違えてしまうと全てが台無しになる。

捜査の初期段階は、無駄に思えるが必要な仕事が殆どだった。それが最後の一手を指す段階のいまは、一人ひとりの行動全てに意味があり、そして決してミスが許されない。

あれから、一週間が過ぎていた。

重松は自分の胸を突くことで、我々にストロボライトのように、重松の意図を焼き付けた。

現場が病院であったこともあり、すぐに処置が行われた。

しかし、彼は逝ってしまった。

彼の心臓は迷いなく貫かれていた。それが揺るぎない彼の意思のように思えた。

『晃子が自分の中にいる間に、すべてを終わらせたい』

重松の声がいまも蘇る。

ある日、目が覚めたら晃子のいない生活になる。それを不思議とも思わずに生きる。彼にとって、晃子の記憶を失って過ごすことがなによりも恐ろしかったのだ。

あの場にいて、できることはなかったのか。愛梨はそう自分を責めた。

「市川を人質にとられていたんだ。仕方がないよ」

吉澤はそう言い、衝撃的な現場に立ち会ってしまった愛梨の精神状態を心配した。

しかし、愛梨が感じるのは、やはり自分への怒りだ。

事件の本質をいち早く見抜いていれば、重松を死なせずに済んだかもしれない。そして渋谷が治療に当たれば、ひょっとしたら彼はもっと長く晃子の思い出と一緒に暮らせたかもしれない……。

「捜査会議をはじめる！」

管理官の声に、愛梨は意識を戻した。

まずは、佃島の刺殺事件に端を発した本事案について概要が伝えられた。

それを聞きながら、ずいぶんと長い時間が過ぎた気がした。

「――青山」

起立した愛梨は、隣に座るふたりの刑事に頷いた。ついさきほど、京都から駆けつけたばかりだった。

「こちらは京都府警本部、山代警部と、小鳥遊巡査部長です。本事案のそもそもの発端となった、二十年前に起こった殺人事件について捜査をされております。山代さん、お願いします」

愛梨と入れ替わりに山代が立ち上がって、頭を下げた。

「二十年前の八月十日、深夜。比叡山にあります閉店後のドライブインの駐車場で男女が何者かに襲われ、女性が死亡。男性は一命をとりとめたものの重傷を負いました。これが重松です。被疑者につきましては地元暴走族の関与が疑われたものの決定的な証拠がなく、現在にいたるまで捜査は進展しておりませんでした」

山代がうなだれた。その横顔には無念の色が浮かんでいたが、ややあって、重力に逆らうように頭を上げた。

「しかしながら、先日の重松の自死により新たな情報がもたらされました」

小鳥遊から書類を受け取り、話を続ける。

「捜査初期において、市川が捜査線上に浮かんだことがありました。殺害された喜多川晃子さん、重松の恋人だった方ですが、彼女と揉めているのを見たという情報があったからです。また、市川が乗った車を現場近くで見たという目撃証言もありました。それでも追及できなかったのは、アリバイがあったからです」

ここで一呼吸おいた。

「ところが、当時、市川のアリバイを証言した証人三名が先日揃って出頭し、市川について偽りの証言をしたと申告してきました」

会議室内がざわついた。それが収まるのを待たずに、山代は続けた。

淡々と話しているが、むしろ無理に感情を押し殺しているような印象だった。彼にとって重松は他人ではない。何度も捜査を懇願されながらなにもできなかった。その重松が死んだ。その胸にあるのは忸怩たる思いか、それとも哀悼か。

「三人は当時、市川の取り巻きで、偽証を強要されたそうです。『無実なのに警察に疑われて困る』『冤罪を生まないためにも頼む』と言いくるめられ、『事件当夜は市内のクラブにいた』という証言をし、金を受け取ったそうです。しかし、先日の重松の行動が、彼らの埋もれていた良心を刺激したようです」

前を向いた。

「つまり、市川にアリバイはありません」

野田は思いを受け止めるように、しっかりとうなずいた。

「山代警部、これまで市川は事件への関与を否認していますが、市川の犯行を証明するにはなにが必要ですか」

「DNA鑑定です」

山代から目配せされた小鳥遊が立ち上がり、後を引き継いだ。

「被害者の口元から、本人ではない血液が採取されております。襲撃された際、犯人、またはすくなくともその場にいた者に噛みついたと思われます。これで市川のＤＮＡ鑑定をお願いいたします。重松を信じるなら、犯人は市川です」

ここで神妙な声に変わった。

「二十年前、当時の府警捜査本部が市川のＤＮＡ鑑定を行っていたら……あるいは今回の事件は起きなかったかもしれません」

となりの山代は俯いていたが、それでも、こくりこくりと頷いていた。

もちろん、これはふたりの責任でも、当時の捜査に当たった刑事たちの責任でもない。市川にはアリバイがあり、捜査線上からは外されていたはずだ。そこに父親の力があったかはともかく、任意でＤＮＡの提供を受けることはできなかっただろう。

山代と小鳥遊にとっては、長い年月の果てに手元に届いた案件で、ただ引き継いだに過ぎない。特に小鳥遊は、事件当時はまだ小学生だったはずだ。

それでも、同じ府警の刑事として、そして日本の警察官として、あらためて犯罪に心を痛め、その責任を感じているのだろう。

野田だけでなく、この事件に関わった全ての刑事が同じ思いだった。

「わかりました。任意では無理でしょうから、身体検査令状と鑑定処分許可状を請求します」

野田は隣席の係官に目配せをし、また向き直る。

「そのためには市川を疑う理由が必要になりますが、そもそもの動機は判明したんでしょうか。市川と被害者の間にはなにがあったのですか」

「なにぶん二十年前のことなので、関係者が死亡していたり、存命でも記憶が曖昧だったりするのですが、警視庁から提供いただいた相野のスマートフォンに残されていた情報、特に市川との間で交わされたメールの内容をもとに捜査をし、徐々に分かってきました。京都市下京区の、通称『崇仁地区』の土地売買が発端になっていると思われます」

机に置かれた電話帳ほどの分厚いファイルにはたくさんの付箋が貼られていた。そのうちのひとつに指を差し入れ、ページを開く。バタン、と重い音が響いた。

「重松と喜多川晃子さんが出会ったのも崇仁でした。重松は駆け出しのジャーナリストでした。そこで消えゆく崇仁地区の歴史を調べていたようです。何度か取材に行く内に晃子さんと出会い、お互いに惹かれあうようになります。そして事件が起きる一週間ほど前、重松と晃子さんが法務局を訪れていることがわかりました――」

ここで小鳥遊が言葉に詰まった。頬は紅潮し、目も潤んでいる。必死で涙をこらえているといった様子だった。見かねた山代が小鳥遊の肩を叩く。

「すいません。この事実も我々京都府警は摑めておりませんでした。分かったのは、重松の自決を知った当時の登記官から連絡が入ったからです。受け身に徹せず、もっと早くから動いていれば重松を救えたのではないかと」

自責に潰されそうな小鳥遊、いや山代とてそうなのだろう。力を振り絞るような声が続いた。

「法務局にふたりが相談に来ていたのは、喜多川母子や成田が生活していた高瀬荘、通称『干渉家族ハウス』の取り壊しについてでした」

野田が先を見通すような目になる。

「取り壊しというのは、合法ですか？」

「所有者の承諾なしに取り壊されたのですが、少なくとも建造物損壊とは認められておりません」

「なにがあったんですか」

「高瀬荘を含む約３００㎡の土地を所有していた地主は、再開発により土地の売却を考えていました。所有地にあった他の住居や倉庫は立ち退きに応じたのですが、高瀬荘には地上権が設定されていたのです」

地上権は、賃借権とは根本的に異なり、借主に対して強力な権利を与えているもので、借主が地主にことわることなく建物の譲渡等ができるのに対して、地主は立ち退きを迫ることも、ましてや勝手に取り壊しをすることなどもできない。

「解体を発注した不動産会社、ダックリバーエステート社は、あくまでも他の家屋を取り壊すための作業において『誤って』高瀬荘も取り壊してしまったという釈明をしています。この場合、故意を証明できない限り警察は民事不介入の立場です」

かつて、暴力団の影を引きずった地上げ屋と呼ばれる連中が、ハンドル操作を『誤って』家屋にトラックで突っ込むという手を使ったこともあった。

「住人たちはその場にいたんですか？」

「いえ。家族ハウスのオーナーは一ヶ月ほど前から体調を崩して入院していましたし、住人たちの留守をあえて狙ったようです。そして地主は入院中のオーナーと連絡がとれないと主張し、地主により法務局に対して提出された『滅失登記の申出』が受理され、土地は第三者に売却、最終的にダックリバーエステート社の手に渡っています。これがわずか二日の間に行われています」

ならば、はじめから仕組まれていたと思って間違いない。

土地が更地であり、建物の所有者と連絡がとれなければ、地主は『建物滅失登記の申出』を行うことで地上権を取り戻すことができる。この際、書類に不備がなければ法務局は承認を拒む理由はない。

昭和の法の抜け穴のような印象を受けるが、これはいまでも変わっていない。

「重松と晃子さんが法務局を訪れていたのはそのためでした。なぜならこの数日前、晃子さんは、干渉家族ハウスのオーナーから権利を譲渡されていたからです。オーナーは度重なる地上げ屋からの嫌がらせに対して精神的に追い詰められていましたが、晃子さんは真っ向から立ち向かっていたそうです。重松もそのことを記事にして発信するなどして協力していました。特に晃子さんにとっては、人生を救ってくれた家族が住む、愛着のある家だったのでしょう。オーナーにとっても晃子さんは娘のようなもの。干渉家族ハウスを守って欲しいという思いから権利を譲ったんです」

愛梨は重松と対峙したときのことを思い出していた。

――なにもかも消える。人々の関心も一過性で、どんなに大きなことでも忘れ去られてしまう。それが一番、恐ろしい。

晃子もそうだったのかもしれない。崇仁という、ある意味タブー視された歴史を持つ町に救われ、そこで育った。それでも彼女にとってはきっと故郷のようなものだったに違いない。

だから守りたくて、必死に闘ったのだ。

「法的に闘うのは難しいと知った重松と晃子さんは、刑事事件に持ち込もうと考えます。マスコミや有識者、そして世間の耳目を集めようとしたのです。しかし障害が立ちはだかりました。ひとつは、そこが崇仁地区であったこと。京都府としても絶好の立地を手付かずに放置したくはなかったでしょう。歴史もろとも綺麗に再整備したいという思惑を持った者がいたかどうかはともかく、行政は動きませんでした。ここには、当時、力を持っていた市川の父親の影があったのかもしれません。もうひとつはダックリバーエステートの妨害です。なにしろ将来、再開発で高騰することが『わかっている』土地を手に入れたのですから、騒ぎ立ててほしくなかった」

愛梨は嫌な気分になってきた。まさかと思いながら話を聞いていたが、それが当たることになる。

「ダックリバーエステートは市川の父親の会社で、当時社長を任されていたのが、現議員の市川茂です。市川の父親は地元で強い影響力を持っていました。再開発の情報をいち早く手にし、土地を買いたたくよう、画策した可能性もあります」

ざわめきが広がった。バラバラだった点が一本の線で結ばれつつある。しかし、京都からきたふたりの刑事には、そんな高揚するような気配はまったく見られなかった。

確かに遅きに失したといえる。

深く埋もれていた真実を掘り起こしたのは、自らの捜査ではなく、防げなかった『未来の犯罪』が起こってからだ。『ストロボライト』によって重松の最後の姿を焼き付けられた者たちが動き出し、ようやくここまで来られたにすぎない。

犠牲を出さずに真相に近づけなかったのは、警察の力が至らなかったからではないか。

そう言われても仕方がない。

会議室の空気が、どこまでも重くなっていった。

野田は京都からきたふたりの刑事に礼を言うと、最前列の端に座っていた渋谷に目をやった。

「先生。成田の様子はどうでしたか」

車椅子に座った渋谷が身を捩ると、そのままで構いません、と声が飛んだ。

渋谷は一度だけ頭を下げ、報告をはじめた。

「成田は重松の死を聞かされても動揺することはありませんでした。どこか覚悟をしていたのだと思います」

ここで、遠くを見る、もしくは懐古するように目を細めた。

「重松は消えていく記憶に追われるように、なかば強迫されるようなかたちで犯行を思い立ちます。それを知った成田は重松を追ってきたのですが、最後の説得も振り切られ、現場に駆けつけたときはすでに相野は倒れていたそうです」

「成田はその後、自らが疑われるような行動を取っていますが？」

「市川に近づくためです。市川の幻覚を見たことにして、本人と会うように算段をつけたのはご承知の通りです」

「なぜ市川を刺そうとしたんです？　重松に罪を犯させないため？」

「それもあるかもしれません。ただ、成田は重松がどうするのかを知っていたように思います」

「市川を殺すのではなく、自殺することですか？」

「はい。彼の健忘の症状というのは、ある意味残酷なものでした。記憶が薄れていくことを自覚できているからです。大切なものを失うということは、違う人間になるということです。晃子さんの思い出をなくしてまで生きたくはなかったのでしょう。それを理解していた成田は市川をこの世から消してしまうことで、バランスを取ろうとしたんです」

「バランス？」

「重松は大切なひとの記憶をなくすのに市川という存在は残り続ける。それはこれから重松に〝理由のない苦痛〟を与えるでしょう。だから、存在を消してしまえばいいと考えた。どうせ世間はすぐに忘れてしまうだろうから、重松が苦しむこともなくなる、と」

　困惑気味の野田を見て、渋谷は頷いた。

「実際にそれで重松が救われたのかどうかは疑問です。しかし、他人には理解しがたい感情で動くひとがいる。それでもそれは、そのひとにとっては必然なのです。それに、成田個人も市川に対する恨みを抱えていました」

「被害者の……母親？」

「はい。殺害された晃子さんの母親、佳子さんもまた、精神を害されて亡くなっています。成田にとって喜多川母子は、生きる希望だったのです」

　かつて成田は将来を悲観し、何度も自殺を考えた。そんなときに『干渉家族ハウス』に流れてきたのが喜多川母子だった。特別な関係を望むべくもなかったが、本当の家族のように愛情を注いだ。

　成田は、晃子が殺害されて、精神に異常をきたしはじめた佳子の世話をしてきたという。

「佳子さんは末期には、成田のことも自分のことも分からなくなっていました。それでも成田はずっとそばに付き添っていたそうです」

「成田にとっては、理想の家族を奪われたということか」

『生きる希望』という灯火（ともしび）が消えていくのを、成田はどんな思いで見守っていたのだろう。

「はい。自暴自棄だった自分を絶望から救ってくれた恩人でもあったと思います。彼女たちがいなければ自分は生きていないと」

「渋谷先生、ありがとうございました。あとはゆっくり休んでください」

野田は一瞬の迷いのあと、また聞いた。

「先生、相野が殺害されたとき、成田は市川の幻視を見たと言った。それは偽証だったわけですが、先生は幻覚を見たこと自体は否定されていませんでしたね？」

「すいません、彼の嘘を見抜けませんでした」

「いえ、そうではなく、成田がなんらかの幻覚を見たのは間違いないんですね？」

「私はそう診断しました」

「では、それはなんだったのでしょう。事件とは関係ないかもしれませんが、気になりましてね。司法心理士と言う肩書きが邪魔なら、個人的な意見でもかまいません」

「あれは……」

渋谷は頭の中で考えを整理するように、しばらくうつむいていた。それから意を決したように言った。

「成田が幻視を見た場所は佃大橋でした。あそこからは、住吉神社の鳥居が見えます。船渡御と呼ばれる神事で、船で運ばれる神体を迎えるために川に向かって設けられています。その朱色の鳥居が連想させたのだと思います。崇仁の片隅に設けられた小さな神社で、雨に濡れていた喜多川母子を」

成田は自殺しようとした夜、雨の中、ずぶ濡れで神社の片隅に肩を寄せ合っていた喜多川母子に出会った。それは彼にとっては文字通り人生の分岐点だった。生きる意味を見出せた、人生においてもっとも有意義な出来事だったに違いない。

「もっとも、成田は、そのことについては話そうとしません。まるで大切な宝物を隠すかのように」

渋谷はやや考えていたが、やがては口角をやや持ち上げた。

「ですから、ただの……僕の勘です」

これ以上、触れるつもりはない、という意思表示のように思えた。

11

愛梨は五名の捜査員とともに白金（しろかね）の高級マンションの前にいた。手には逮捕状を持っている。喜多川晃子の口元に付着していた何者かの血液。そのＤＮＡが市川のものと一致したのだ。

そこに二十年の時を経た晃子の執念を見るような思いだった。

市川は身綺麗な格好で刑事たちを迎えた。ソファーに座り、ただ黙って六人の刑事たちを睨（にら）んでいる。

「市川茂、喜多川晃子さん殺害容疑で逮捕状が出ています」

逮捕状を読み上げるあいだ、市川の横に立っていた男は一語一句を吟味するように聞いていた。襟に輝くバッジから顧問弁護士のようだ。

やがて市川に頷いた。

市川は、けっ、と小さく毒づいた。

もう、あなたに逃げ場はない。金のために人を殺すような人間だ。容赦はしない。

愛梨が手錠を手に市川に近づくと、市川は突然、怒鳴り始めた。

「無礼な！　お前のような小娘が私に手錠をかけるのか！　警察にでもどこにでも行ってやる！　だがお前に手錠をかけられる筋合いはない！　どうしてもというなら、警視総監を連れてこい！」

愛梨は顎を上げ、見下ろすように、哀れみの目を市川に向けた。

ほんとうに救いようのない男だな。こんなやつに国政を任せていたというのが、日本国民として恥ずかしくなる。

——青山、お前がワッパをかけろ。

ここに来る直前、福川にそう言われたときは息が止まるほどに驚いた。なにしろ相手は現職議員だ。福川レベルの人物でないと〝格〟のバランスがとれずに話すらできない。そう思っていた。

「一課長は行かれないのですか？」

「行かない。ここで待っている」

「しかし……私では力不足では……」

すると福川は諭すような口ぶりで言った。

「刑事の仕事。町中を駆けずり回り、時に嫌われても情報をとってくる。その努力は、手錠をかけるその瞬間に集約されている。それだけに、その重みを一番わかっているヤツに手錠をかけさせたい。今回はお前だ」

愛梨は決意を込めた敬礼を返した。

それを見た福川は安心したように背を向けたが、すぐに振り返った。

「それにな、悪人に格なんてない」

いま、愛梨の目に映っているのは、権力を纏った格上の人間ではない。

そう、クズだ。

愛梨は口角をそっと上げた。そして市川の腕をつかんだ。

「市川茂。殺人容疑で逮捕する」

手錠がロックされるその重い金属音は、この事件に関わったすべての刑事、渋谷、成田、そして重松と晃子の、二十年という時の重さだった。


市川は、警視庁で取り調べを受けた後、京都府警に移送されることになった。

愛梨は福川の命により、京都府警の刑事とともに京都まで護送し、その任を全うした。

「青山さん、ずいぶんとお世話になりましたな。ほんまにおおきに」

京都府警本部を出るとき、見送りにきた山代が頭を下げた。商人のように、両膝にそれぞれ手を置いていた。

小鳥遊もそれにならって言った。

「でも、せっかくだから一日くらい泊まっていけばよろしいのに。おいしいお店がいくつかありますんで」

愛梨は微笑んで、小さく頷いた。

「ありがとうございます。しかし、ウチの一課長がケチでして。すぐに帰ってこいと」

笑い声を重ねた後、真顔に戻した。

「市川の件、よろしくお願いいたします。重松や晃子さんの無念、晴らしてやってください」

小鳥遊は、もちろんです、と言った。

山代はなにも言わず、ただ燃えるような目で愛梨を見つめ返した。


地下鉄を京都駅で降りた愛梨だったが、新幹線乗り場に向かわずに、駅のすぐ北側にある塩小路（しおこうじ）通りを東に向かった。

夕焼けが赤く染める空の下、十分ほどでその町についた。ところどころに崇仁の文字が見える。

古い団地を抜けると、青銅色の古い木造建築が目に入った。柳原（やなぎはら）銀行記念資料館、と表札が掲げられていた。

愛梨はふらりと入った。

かつて、崇仁地区のひとたちは銀行から融資を受けることが難しかったようだ。そこで当時の町長と地元の有志たちによって設立された銀行だという。現在は資料館になっており、展示を見て回った。

古い写真には、密集した住居や当時を生きるひとたちの姿があった。愛梨は自然と重松や晃子、そして成田の生活を想像した。

係員によると、当時は崇仁地区の出身とわかったら就職や結婚もままならなかったと言う。

柳原銀行記念資料館を出る時、外は大粒の雨が落ちていた。

係員の女性が傘を差し出してくれた。愛梨はそれを受け取ると、歩みを進めてみた。高瀬川に沿って歩く。するとあきらかに雰囲気の異なる地区に出た。

放置された自動車、サドルのない自転車、朽ち果てた小さな橋……。

点在する更地が虫食い状態で広がり、残っている建物は再開発に対して最後の抵抗をしているようにも思えた。それでもいまにも崩れてしまいそうで、どこか退廃的なゴーストタウンを思わせる。

雨に濡れた崇仁は、心を沈ませた。

そのとき、朱色の鳥居が目に飛び込んできて、愛梨は駆け寄った。

『三ッ梅稲荷大神』と扁額があった。

神社というより祠といった方が近いほどの大きさだ。

喜多川母子が雨に震えながら身を寄せ合っていた場所。そして成田が生きる希望を見出した場所だ。

相次ぐ賽銭泥棒被害により、現在は賽銭を受け付けていなかったため、愛梨はただ手を合わせるにとどめた。

このやりきれない事件に触れ、自身の心は落ちつかなかった。事件に飲み込まれ、将来の希望すら見失ってしまった気がした。

だから、どうか。自分が刑事として進むその先に、暗闇を置かないで欲しい。不幸なひとをひとりでも救うため、全力を尽したい。そのために、小さくとも道標となる光を置いてください——。そう祈った。

神社を後にすると、ある場所で足を止めた。

晃子に新しい家族を与え、育み、青春を過ごさせた場所。

干渉家族ハウスがあったところは雑草が生い茂っていて、フェンスで囲まれているものの、不法投棄と見られる粗大ゴミが散乱していた。更地になってすでに二十年も放置されていることになる。

ひとの命を奪ってまで手に入れた土地が、荒れるに任せてあった。

再開発にあたっては、ある程度まとまった土地が必要なため、こうして放置してあるのだろうが、近い将来、ここに芸術大学が移転してくるという。そうなれば、ここの雰囲気も一変するのだろう。新しい人の流れが生まれ、ここになにがあったのかなど、あっという間に忘れ去られるのだ。

重松は、忘れられることの悲しさを訴えていた。この街の空気もまた、その寂しさを訴えているように思えた。

愛梨は自然と頭を下げた。それからしばらくそこにいて、思いを馳せた。

どれくらいの時間、そうしていたのかわからない。不意に愉快そうな笑い声が届いて我にかえった。

振り返ると、ひとつ先の路地に、いまにも朽ち果てそうなお好み焼き屋があった。それを見ると、まだこの街は死んでなんかいないと思えた。

一杯、飲んで帰ろうか。

誰にいうでもなく、ひとりごちた。

足を踏み出した愛梨の肩越しに、干渉家族ハウスの草むらから声が聞こえた。いつの間にか樹上から地上に活躍の場を移した、秋の虫たちの声だった。

エピローグ

愛梨は、ギャラリー内幸町にいた。

市川は起訴され、捜査本部も解散となった。愛梨は打ち上げのビールを一杯だけ飲んで挨拶（あいさつ）を済ますと、月島署を後にした。

あの絵が気になったからだ。

そしていま、『shepherd's purse』の前に立っている。

元ダンナは、今日はいないようだった。これで集中できると思っていたが、背後には吉澤が授業参観に来た保護者よろしく立っている。

「どうですか、愛梨さん。なにか分かりました？」

あいかわらず、麻梨の声には品があった。スタイルも完璧（かんぺき）なのに、どうして直人なんかと付き合うのだろう。いや、本人は否定していたが。

ともかく依然として答えにたどり着きそうにない愛梨を見て、麻梨が細く、きれいな人差し指を伸ばした。

「ヒントはここ、タイトルよ」

「シェパーズ……パース。羊飼いの財布？」

羊飼いなのに描かれているのは牛だ。どういう意味なのだろう。

「あいちゃん、がんばれ」

吉澤は孫の発表会にでもきたつもりなのか。

「わかりそうで、わからない……」

麻梨が愛梨の背中をそっと押した。

「これはね、この絵だけだとモダンアートなの。その時、その瞬間の美しさを表現する」

「はあ……」

「かつては、美しさの基準は皆、同じだったのよ。作風は違えど、しっかりと主題があり、それらを美しさの基準に照らし合わせて評価した。その絵だけで完成されていて、誰が見ても同じ評価を下す。美しい絵だね、と」

アクリルオンパネルの鮮やかな色彩に目をやる。この青が、すごく目に飛び込んでくる。

「これは違うんですか？　美しいと思いますけど」

「これはコンテンポラリーアート。絵を描いただけでは完成しないの。その絵を見たひとが考えること。そこではじめて芸術として完成する」

この絵を見てなにを思考するというのだろう。この絵だけで十分完成しているように見えるが。

「人間と同じね。ひとりでは生きていけない。あなたを見た目で判断することもできない。あなたのことを知りたいと考えてくれるひとがいて、はじめてあなたの人生は完成する」

そんなひと、いるだろうか。

「考えてくれるひとがいることが前提で考えたら、この牛が何をいいたいのか、見えてくるはず」

しばらく唸って、そろそろギブアップしようとしたとき、ふと気付いた。

「あ……花？」

ここに描かれている牛は、花や草木で表現されている。

愛梨はスマートフォンを取り出すと、『羊飼いの財布』を検索した。

それは、日本ではペンペン草、または春の七草である、ナズナと呼ばれていた。

改めて絵をよく見てみると、ナズナもしっかりと描かれていた。

様々な花を咲かせて、お前はどこにいくの？　なぜ、こんなにも花に満ちているのに、どうしてタイトルはペンペン草なの？

と、頭にふっと浮かんだことがあり、再度、検索した。そしてもう一度、絵を見上げながらついたため息は、小刻みに震えていた。

そういうことなのか……。こんなにも、鮮やかなのに。

「答えがわかったみたいね」

「はい……。この牛は『屠場』に行くところなんですね」

麻梨はゆっくりと、大きく頷いた。

ナズナの花言葉。それは「あなたに私のすべてをささげます」だった。

我々の食生活に肉は自然とあるが、「生産」の現場は知らない。いや、考えない。

「作者のイッコヨシムラさんは食べることが好きで、食に関するシリーズをいくつも発表されているのだけど、『私にとってかわいいとおいしいは同じ』だと言っていたわ。かわいそうなんて思わない。かわいそうだとしたら、だれからも食べられずに捨てられた時。だれかに食べてもらうことで、その人の血となり肉となり、そして人生をつくる。もし美味しいって思ってもらえて、その人の人生に小さくても花を咲かせられたとしたら、すべてを捧げてくれた生き物に対して意味がある」

その花が、これなのだ。だれかの人生を咲かせた花が、牛をかたちづくっている。

「いただきます、か」

「そう。悲しむことはない。感謝して、おいしく食べてあげればいい。それを押しつけることなく美として表現したのがこれなの。絵だけでは完成しないと言ったのは、そういうことなの」

ふと成田のことが頭をよぎった。

たとえ、そのひとの人生と交わることはなくても、関われることだけで幸せを感じられる。そのひとの人生に、たった一輪でも花を咲かせることができたら、と。

すべてをささげる……か。

愛梨は全体を捉えられるように一歩下がると、その絵をしっかりと脳裏に刻み込んだ。背後に、『保護者』とは異質の気配を感じた。

「あー、お腹が空きました。きょうはステーキを食べようかな」

渋谷だった。すでに車椅子を卒業し、いまは杖に体重を預けて立っている。

麻梨が満足気にうなずいた。複雑なカットが施されたクリスタルのイヤリングが、光を乱反射させる。

「打ち上げに伺ったら、おふたりはもう帰られたと言うんで、ここかな、と」

「傷は？　もう、いいんですか？」

「ええ、そりゃあもう。お姫様に目覚めのキスをしてもらったので」

渋谷が悪戯な笑みを浮かべるのを見て、愛梨は、反応したら負けだという本人の意思とは関係なく赤面した。

くそお、あたしとしたことが。

そこに吉澤が割り込んできて、愛梨の肩を押して部屋の隅まで追いやった。

「ねえ、あいちゃん。ナイチンゲール症候群って知ってる？」

「いきなり、どうしたんですか。それってあれでしょ、看病していると患者のことを好きになってしまうという」

「そう。情が冷静な判断力を曲げてしまうんだ」

「へー」

なにを言いたいのかはなんとなく分かる。渋谷のことを言ってるのだ。

吉澤のなかでは、愛梨はまだ娘のままなのだろう。娘に、歳の離れた得体の知れない精神科医がつきまとわないようにガードしているつもりなのだ。

いずれにしろ面倒くさいので、それ以上の会話をしたくなかったのだが、吉澤は離してくれない。

「ね、それでね、ナイチンゲールの件なんだけども、一時期盛り上がっても、たいていはうまくいかないものなんだ」

「なに調べですか、それ」

相手が渋谷でなくても、これから先、こうやって言われ続けるのかと思うと苛つきもする。つい声を荒らげてしまった。

「いや、心配なんだよ。今度こそあいちゃんには幸せになってほしいっていうか」

「それとナイチンゲールがどう関係してくるんですか。あたしが渋谷先生に情が移ってしまうとでも？　自分の幸せは自分で探しますから、どうかご心配なさらず」

「いや、そうは言ってもさ」

「そんなに渋谷先生が気になりますか？　どうかしてますよ。あいつははっきりしないし、クラゲみたいにふわふわしてる。なにを言ってもはぐらかし、本心は決してしゃべらない。あんなのとつきあったら苦労するのが目に見えています。だから奥さんにも逃げられ――なんですか？　変顔なんてしておどけているつもりですか。は？　後ろ？」

振り返ると、そこに渋谷が立っていた。

「傷つくなぁ……」

つぶやいて壁に寄りかかる。

「特に最後のくだり」

「あ、いや、すいません。えっと、言葉の綾でして。てか、動くの速いですね。もう、治ったのかな……」

慌てて取り繕った。渋谷も、愛梨をついたところで得るものはないと踏んだのか、小さく笑みを浮かべた。

「不意に身体を動かすとまだ痛んだりもしますが――あうっ」

そう言って顔を歪めた。

「ちょっと、大丈夫ですか？」

顔を伏せた渋谷を覗き込む。すると、笑っていた。

「なんなんですか、ほんとに」

「いえ、別に」

その悪戯な視線は吉澤に向いていた。

ちょ、挑発してるの?!

吉澤は吉澤で、「ほら、これだよ。だから心配なんだ」といった顔を愛梨に向けてくる。

ああ、面倒くさい。このオヤジども。

麻梨が口元に手をあてて、クスクスと笑いながら提案した。

「お腹が空くと、イライラもしますからね。どうでしょう、おいしいステーキ屋さんにご案内しましょうか」

渋谷が顔をしかめた。

「でも麻梨さんオススメのステーキ屋さんって、高そうですね。刑事の給料ではむつかしいのでは」

確かにそうなのだが……。てか、おい、なぜお前に言われねばならないのだ、渋谷よ。

「大丈夫。『麻梨さんの』ステーキ屋だから」

麻梨は愉快そうに笑う。

「え、麻梨さん、ステーキ屋も？」

「ええ」

言ってなかったでしたっけ、といった感じでまた笑った。

まあ、いいか。

ベテラン刑事もいるし。ああ、そうだ、渋谷には傷病手当が支払われると言っていたな。

適当に酔わせて奢(おご)らせるか。

すると渋谷が目を細めて愛梨を見かえしてくる。

「青山さん……なんですか、その邪(よこしま)な顔」

「いえ、別に。もしよかったら、女心の研究も先生の専門に加えたらいかがですか？　ま、あなたに解明は無理だと思うけど」

そう言って、皆に顎をしゃくって見せた。

Haruki Bunko
ハルキ文庫

か 18-2

バツイチそうさかん あおやまあいり
ストロボライト ×1捜査官・青山愛梨

著者
かじなが まさし
梶永正史

2020年1月18日第一刷発行

発行者 角川春樹

発行所 株式会社角川春樹事務所
〒102-0074 東京都千代田区九段南2-1-30 イタリア文化会館

電話 03(3263)5247(編集)
03(3263)5881(営業)

印刷・製本 中央精版印刷株式会社

フォーマット・デザイン 芦澤泰偉
表紙イラストレーション 門坂 流

ISBN978-4-7584-4314-2 C0193 ©2020 Masashi Kajinaga Printed in Japan
http://www.kadokawaharuki.co.jp/[営業]
fanmail@kadokawaharuki.co.jp[編集]　ご意見・ご感想をお寄せください。